JN124338

人物紹介
CHARACTER
レオ
ドロシーが手伝いにいった
病院で出会った少年。
ドロシー
魔法貴族ドロテア家の長女。
努力家で、父親に認められるために
魔法の勉強に励んでいたが、どんなに
努力をしても認められなかったため
家を捨て、庶民として生きる決意をした。

センカ
ドロシーが卒業した
魔法学校でのクラスメイト。
真面目でしっかりしている。
メルル
ドロシーが卒業した
魔法学校でのクラスメイト。
レオの姉で、実家は病院。
アリリアナ
ドロシーが卒業した
魔法学校でのクラスメイト。
元気で人懐っこい。
ゲルド
ドロシー達が住む国の王子。
ドロシーの婚約者だったが……？
アリア
ドロシーの妹。
天才的な魔法使いだが、
感情表現に乏しい。

目次

婚約者の地位？
天才な妹に勝てない私は
婚約破棄して自由に生きます

プロローグ

「どうしてお前はこの程度のこともできないのだ？　アリアはお前が会得しようとしている魔法を五年も前に取得したというのに」

父の言葉がいつも私を傷つける。

口を開けばアリア、アリア。私だって頑張っているのに。学生時代という貴重な時間を全て魔法に捧げ、魔法学校の成績だって上から十番以内をキープしている。

なのに父の口からは、何故アリアのようになれないのかという失望の言葉ばかり。

不公平だと思う。クラスメイトの子達は、私よりも成績が悪くても全然気にしていない。それどころか、少し成績が上がっただけで両親から杖をプレゼントしてもらったと自慢していた。これでもっと勉強を頑張りなさいって、そう言ってもらえたって花のような笑みを浮かべて。

私はどれだけ頑張っても、そんな言葉は貰えないのに。

目の下に隈を作り倒れる寸前まで頑張って、それで成績が上がっても父は言うのだ。

何故アリアのようにできないのだ？　と。

最悪なのは、それを言うのが父だけではないことだ。

「また一番になれなかったのか、この二流が。どうして王子たる俺の婚約者が、お前のような二流女なのだ？　少しは妹のアリアを見習え」

婚約者であるゲルド王子はそう言って私をせせら笑う。

彼は王子であることに強い自尊心を持っており、自分の身の回りにあるものは一流でなければ気が済まないのだ。人も、服も、婚約者も。だから私はいつも罵倒される。超一流の妹を持つ二流の姉だ、と。王子は私に不満で、でも私だってそんな王子が不満だった。

私の家系は始まりの魔法使いの血脈として、国の偉い人達にも覚えがいい。魔法貴族ドロテア家といえば、知らない人がいないくらいだ。

でも有名なのは名前だけ、かつての権勢はもうない。

昔とは違い、魔法がより身近になったせいだ。

ドロテア家に依頼しなくても魔法の使い手は他にもいる。それが時代の流れなんだと思う。なのに、父は現状が許せないらしく、あの手この手を使って私を王子の婚約者に仕立て上げた。

魔法で国の偉い人に取り入ることができなくなったから、自分達が偉い人になろうと考えたわけだ。

その結果、私は日々、父に失望の眼差しを向けられ、休みの日は王子に怒声を浴びせられる。一度は殴られたこともあったが、これは王が厳しく叱ってくれたので二度目はなかった。

「バカ息子が迷惑をかけてすまない。昔、ジオルド……お前の父に助けられたことがあってこの縁談を受けたが、もし婚約が嫌ならいつでも言うがいい。決して悪いようにはせん」

王はいい人だ。自分の息子だろうが叱る時は叱るし、公平な目を持っている。ただ王妃は身内贔屓が強く、ゲルド王子をとことん甘やかす人だ。

「仕事を言い訳にせずにもっと教育に関わるべきだった。すまんな」

そう、王は私に謝ってくれた。

幼い時は父の言いなりだった私でも、働ける年齢にまで成長すれば反抗心の一つくらい芽生えてくるものだ。事あるごとにアリアのようになれと言う父にも、私を見下す王子の態度にも、いい加減我慢の限界を感じていたものの、この国で一番偉い人にそんなふうに謝られたら、もう少し頑張ってみようかなという気持ちになる。

だから私は最後に今までで一番努力した。今までも限界ギリギリだったのに、さらに無理をした。

これで父や王子が私を見直すならば……

そんな気持ちで魔法学校の卒業テストに挑んだ。

その結果――

第一章　始まりの家出

「――結局一番になれなかったとは、情けない。やはりお前はアリアにはなれんな」

それがテストが終わると同時に疲労で倒れた私に、父が最初にかけた言葉だった。

魔法学校の卒業試験の結果は二位。

確かに一番にはなれなかった。それは悔しい。

でも、私の通う魔法学校は国中どころか国外からも優秀な魔法使いが集まる超名門。そこで青春の全てを勉学に捧(ささ)げて二番。それはそんなにも悪い結果なのだろうか？

……ううん。違う。私はそうは思わない。少なくともこんなふうに言われることじゃないはずだ。

「今日はお前の卒業を祝して王が夕食に招待してくださった。頭だけではなく、見栄(みば)えも悪いのだ。早めに準備をして少しでもマシな姿になっておけ」

「……分かりました」

確かに私は容姿があまりよくない。魔法の勉強でいつも寝不足だし、肌も荒れに荒れている。目の下にできた隅(くま)を隠すために化粧をするけど、これが自分でも分かる下手さだ。あまりにも酷(ひど)いので、身の回りの世話をしてくれるメイドを雇ってほしいと一度父に言ったことがある。

メイドがいれば、細かいことは任せてもっと勉強に集中できると思ったのだ。何よりもアリアには専属のメイドがいるのに私にいないのが不公平に感じられた。だが、そんな私に父は言うのだ。

「そういうセリフはアリアのような成果を出してから言え」

妹のアリアは十歳で新魔法を開発している。テストだって常に一位。

でもハッキリ言って、これはアリアが異常なのだ。

普通どんな英才教育を受けた貴族の子女だって、十歳なら簡単な魔法を一つか二つ使えればいいほう。そんな年齢の子が新魔法の開発。こんなこと、どんな親だって分かるはずだ。私が怠け者なんじゃない。おかしいのはアリアなのだと。

なのに父はアリアの特別さを当然のもののように考える。

まるで、かつてあったはずの権威をそこに見出すかのように。これこそが魔法貴族と称えられたドロテア家の正しい姿なのだと言わんばかりに。

そして、私を冷遇する。どんなに努力してもそこそこの成果しか出せない凡人。そこに零落している自分の家を重ねてしまうから。


「――い。……おい、ドロシー！」

耳障りな声にハッとする。ふと周りを見渡すと、アリアを除く全員が私に視線を向けていた。

そうだった。もう王との会食は始まっている。試験勉強の疲れか、少しぼうっとしてしまった。

「ドロシー！　聞こえないのか？　ドロシー！」

「……ゲルド王子、何か？」

「何か、ではない。貴様、俺の話を聞いていなかったな？」

「そうですね。それが何か？」

いつもならもっと恐縮してみせるが、今の私に怖いものはない。

だって決めたのだ。今日で、こんな辛い(つら)だけの日々とは決別する。そう決めたから。

いつもと違う強気な私が気に入らないのか、王の前では比較的おとなしいゲルド王子が分かりやすく怒りに顔を歪め(ゆが)た。

「何か……だと？　ふん。聞いたぞ貴様。倒れるほど勉強したのに、また一番になれなかったそうだな」

「大陸で三指に入るとも言われるフェアリーラ魔法学校を次席で卒業できたことを、私は誇りに思ってます。それを馬鹿になさるなら、どうぞ王子が一番を取ってみてください。ゲルド王子の成績では、失礼ながら一番どころか五十番以内に入るのも難しいと思いますが」

「なっ⁉　き、貴様ぁあ～‼」

王子の顔があっという間に真っ赤に変わる。ううん。ゲルド王子だけじゃない。父もだ。射殺さんばかりの目で私を見ていた。

でも、絶対に撤回はしない。私は凄く(すご)頑張った。誰にも認めてもらえなかったけど、だからって、自分までもがその努力を否定したくはない。そんなの惨め(みじ)すぎる。

「ふ、ふん。試験で一番をとったロナーシャ家の長女だが、魔法裁判所への内定が決まっていて、試験期間中も既に(すで)仮職員として働いていたそうだぞ」

「……それが何か？」

「いや、貴様は幸運にも俺の婚約者として将来が約束されている身。将来のことなど何一つ不安に思うことなく勉学に集中できただろう。それなのに、仕事の片手間に勉強する者に負けるとは。なぁ、生きてて恥ずかしくはならないのか？　二流女」

「ゲルド！　貴様、婚約者以前に女性に対してそのような物言い、恥を知れ！」

王の拳がテーブルを激しく揺らした。

「ち、父上。しかし元はといえばこいつが——」

「黙らんか！　すまないなドロシー嬢。こいつには後で厳しく言っておく」

「いえ、私がロナーシャさんに負けたのは事実ですので」

そう、私は十の努力をしても十か、それよりも下の結果しか出せない。でも世の中にはいるのだ。二と三の努力であっさり私の十を超える人が。

昔は分かっていてもそれを認めるのが嫌だった。でも、何もかもを放り出すと決めた今は、不思議とそれがどうしたって気持ちになる。

「ほら、ドロシーの奴も認めてますよ、自分が二流女だって。ねぇ？　母上もそう思いますよね？」

「そうねぇ。ドロシーさんは学校の成績以前に、女としての勉強をもっとされたほうがいいんじゃないかしら？　そのお化粧、五十番以内どころか最下位争いでもなさっているようよ？」

「はは。流石は母上。そこの二流女に、もっと言ってやってくださいよ」

王子と王妃が私をせせら笑い、父が「いや、お恥ずかしい」と恐縮する。メイドを雇ってくれなかったのは父なのに、なんなのこの茶番は。本当に――

「くだらない」

「ん？　何か言ったか二流女」

「お声が小さいですわよ。もう少しハッキリと喋ってくださいな」

　こんなくだらない人達のようになりたくて、父は私を王子の婚約者にしたのだろうか？　私が二流？　なるほど、確かに私は一流じゃない。でも自分のことを一流と思っているこの王子や王妃のようになりたくはなかった。努力した先がこんな世界だなんて、こっちからお断りだ。

　湧き起こる怒りに促されてテーブルをバァン！　と叩き、私は立ち上がった。自分に集まる視線、それら全てに向かって腹の底から声を出す。

「今日この時をもって、私は貴族位を捨て平民として生きてゆきます。王子との婚約も解消してください」

　シーン！　と水を打ったように会食の場が静まり返った。

「な、な、ド、ドロシー！　貴様、何を言ってるのか分かっているのか!?」

　真っ先に反応したのはやはりと言うべきか、お父様だ。

「勿論です。正直言って、お父様の教育方針にはずいぶん前から不満でした。事あるごとに私とアリアを比較するのですから、王子の婚約者も私でなくてアリアにすればいいじゃないですか」

「黙らんかこの愚か者が！　アリアはお前より三つも年下だぞ。王子の婚約者には同い年のお前が相応しい」

「そんなこと言って、本当はゲルド王子みたいな身分以外これといって取り柄のない殿方に、才能あるアリアを嫁がせたくないだけでしょ」

　そのくせドロテア家を低く見られるのも嫌だと、アリアと同じ水準を私に期待するのだ。

「なっ⁉　だ、誰が身分以外取り柄がないだと？　おい、ジオルド！　お前の娘が言っていることは本当なのか？　アリアを俺の婚約者にしなかったのは父上の決定ではなく、お前が裏で手を回していたからか？」

「そ、そのようなことは決して。娘は試験で思うような結果が出なかったものですから、自棄になっているのですよ。ドロシー、この馬鹿娘めが。お前は先に帰っていろ」

「人の話を聞いていましたか？　私はもうあの屋敷には帰りません。お父様の侮蔑や、ストレスが溜まるだけのこんな集まりは、うんざりなんです。私は平民になります」

　そうだ。元々貴族なんて私の性に合っていなかった。お父様の期待に応えなければいけないと思い込んでいたけれど、合わないものを無理に頑張る必要はどこにもない。

「なりますと言って簡単になれると思っているのか⁉　住む所はどうする気だ？　暮らしていくための金は？　貴様は何も持っていないだろうが！」

「働きます。働いて自分で稼いでみせます」

「お前みたいな無能が一人で何ができる！　一体どこまで馬鹿なのだ、魔法使いが簡単に錯乱しおって。アリアを見習え。どんな時でもお前のように情けなく取り乱したりはしないぞ」

　こんな時でもアリア。アリア。

分かっていた。分かってはいたけれど、この人は本当に私を見ていない。私のことなどどうでもいいのだ。

それを改めて認識した途端、胸の内で燃え盛っていた怒りがスッと冷えていくのを感じた。

「さようならお父様、これが今生の別れになることを祈っています。アリアも元気でね」

「待て！　おい、待たんかドロシー！」

人には魔法使いが簡単に錯乱するなと言ったくせに、自分は怒鳴り散らすお父様を無視してアリアを見る。

彼女はこんな時でさえ我関せずと一人食事を続けていた。私の視線に気付いて、氷みたいに冷たい銀色の瞳がこちらを向く。でもそれはただ向いただけで、その実、私のことなんて見ていない。

無関心。この妹はいつもそうだ。私が何をしても気にしない。たまに私を映す瞳は、まるで地を這う虫を見るかのごとく無機質で、それが凄く嫌だった。

だがそれも最後。

「それでは失礼いたします。皆様、ご機嫌よう」

部屋を出る前に王を除く全ての人を盛大に睨みつけ、私は貴族生活に別れを告げた。

「ドロシー、貴様！　二流女の分際でこの俺との婚約を解消するだと!?　勘違いするなよ。俺が、この俺が、お前を捨てるんだ！　分かったか！　おい、聞いているのか？　ドロシー!!」

背後で自称一流の王子様が何やら叫んでいるが、婚約者でなくなった以上、あんな男の相手などしていられない。私は喚き続ける王子を完全に無視して城を出た。

「さて、まずはお金を作らなきゃ」

半ば勢いで飛び出してきちゃったものの、まったくの考えなしというわけじゃない。魔法の勉強しかしてこなかった私でも、学んできたものの中に魔法経済学という分野があって、触媒にかかるお金や、魔法の仕事についての知識がちゃんとあるんだから。

「質屋、あるはずよね。うん。クラスの誰かが話してたし、絶対にあるわ」

出不精な私が把握しているのは本屋と魔法店の場所くらいだけど、道に迷ってせっかくの興奮を覚ましたくなかったので、人に声をかけて道を聞いてみた。

いつもならまずしない行動。なのに、この国で一番偉い人の前で啖呵を切った後だと、凄くハードルが低く感じられて、私は簡単に質屋に辿りつけた。

「これ、全部売ります」

ドンッと質屋のカウンターに置いたのは、王子との会食に合わせて父に持たされた数々の宝石。

「えっ⁉　こ、これ全部かい？　買い取り？　質入れじゃなくて？」

一目で魔法の力が宿っていると分かる宝石を前に、質屋のおじさんが目を見開く。

父は私の化粧には大して気を遣わないくせに、持たせる宝石の類には無駄にお金をかけていた。どこかに出掛ける度に無駄に大きい宝石をジャラジャラつけることになって、凄く嫌だった。それももうおしまい。

「そうだね。こんなもんでどうだい？」

「え？　……えっと、せめて相場で買い取ってほしいんですけど」

「いやいや知識のないお嬢ちゃんには分からないだろうけど、これでもかなり奮発してるんだよ」

おじさんが提示した金額は、ハッキリ言って想定よりもだいぶ低かった。一瞬こんなものかと思いかけたものの、机に齧(かじ)りついて身につけた知識が囁(ささや)く。無知な小娘だと足元を見られてるぞ、と。

「……すみません。他の所で売ることにします」

「ちょっ⁉　な、なら、これでどうだい？」

一気に値段が跳ね上がった。物の価値が分からない貴族だとでも思われていたのだろうが、貴族の身分を捨てた私が頼れるものはもう知識くらいしかない。簡単には引き下がれなかった。

「足りないです。全然。まったく。せめてこれくらいは貰(もら)わないと」

「なっ⁉　いくら何でも、それはないだろう」

うん。私もちょっとないなという金額を提示してしまった。正当な代価は貰(もら)うつもりだが、騙(だま)したいわけじゃない。慌てて謝ろうとしたところで――

「じゃあ、こんなもんでどうだい？」

質屋のおじさんが新たな値段を提示してきた。その額は私が提示した額には届いていないけれど、前の数字よりはかなり上がっている。

……あれ？　ひょっとしてこれって使えるんじゃないかしら？

私はちょっと悪いなと思いつつも――

「それならこれでどうですか？」

最初に提示したものよりもほんの少し下げてみた。

「いやいや。確かにこの宝石は凄いよ？　でも……うん。よし、分かった。これでどうだい？」

さらに金額が上昇。当初に予想していた金額にだいぶ近付く。もしも最初にこの金額が提示されていたなら恐らく売っていた。

どうしようかな。ここで売るべきなのかな？

他に質屋があるかどうか知らないし、お金は今すぐ必要だ。弱気になって首を縦に振りそうになる。でも――

――お前みたいな無能が一人で何ができる。

お父様の言葉が蘇った。

ふざけるんじゃないわよ。確かにアリアには敵わない。だからって何もできないと決めつけられてたまるもんですか。

「ダメです。こっちの金額でお願いします」

私はもう一度、提示金額を少しだけ下げた。

「――いや、お嬢ちゃんには負けたよ」

長い、実際には十分も経ってないのかもしれないけど、私にはとても長く、何よりも濃く感じられたやりとりの果てに、ついに交渉が成立した。

金額は当初予定していたものを少しだけ上回る額で、かなりいい感じだ。ただこの金額で決めた際、おじさんがニヤリと笑ったのが少しだけ気になる。

ひょっとしたら私の知らない付加価値や相場があるのかもしれない。

やはり知識は力だ。そう実感すると共に嬉しさが込み上げてくる。

私がやってきたことは無意味なんかじゃない。今ある知識を活用して、ううん、もっと勉強して、お父様とは違う人生を歩んでみせるわ。権威なんかに囚われない、自由な人生を。

「はい、どうぞ。分かってると思うが大金だ。なくさないように気をつけるんだぞ」

「ありがとうございます。また何か売れるものがあったら寄らせてもらいますね」

「ああ。待ってるよ。物の価値が分かる嬢ちゃんになら、少しだけ色をつけてやってもいい」

おじさんの言葉が凄く嬉しい。意気揚々と店を出た私は考える。さぁ、次はどうしようかしら？

不安と期待。震えるような怖さはある。

でも、これからを想像してこんなにも胸が躍るのは、生まれて初めての経験だった。

第二章　魔法店の主

当面の生活資金を十分に確保できた私が次にやろうと決めたのは、ドレスを脱ぐことだった。

私だって女だ。ドレスが嫌いなわけじゃない。でもそれはたまに着られれば嬉しいといった程度のもの。普段着にドレスは動きにくいことこの上ない。

一度丈の短いスカートを穿いた際に、そんな娼婦のごとき格好をして家の品位を貶める気か？とお父様に殴られたので、それ以降は家の中でもドレスで生活していた。

どこに行くにしても宝石をジャラジャラと身につけさせられ、動きにくいドレスで移動。これが貴族の当たり前なんだと自分に言い聞かせてきたが、平民となった今、もうそんな我慢をすることはない。これからは自分が着たいものを着るんだ。

「あの、すみません。着たまま帰ることはできますか？」

「大丈夫ですよ。お一人様ですか？　よろしければお手伝いいたしますよ」

「ありがとうございます。でも一人で着替えられますから」

「左様ですか。では何かご不明な点がございましたら、お気軽にお声がけください」

そう言って店員さんが離れていく。近すぎず、遠すぎない絶妙な距離感を保ってくれるので、初めての服選びでも焦らずに済んだ。

流石は『フリー』。流行に疎い私の耳にまで入ってくるだけのことはあるお店だ。

学生時代、ろくに友達がいなかった私でも、休み時間を一人教室で過ごしていると、色々な噂を自然と仕入れる。その内の一つが、庶民の誰もが買える値段のものから貴族でも手が出にくい高価な服までを取り扱う服屋『フリー』。平民と貴族を両方ターゲット層にして成功している数少ないお店だ。

クラスの皆があまりにも楽しそうに話していたから、ずっと来たいと思っていた。

だけど、アリアに勝てないのにショッピングを楽しんでいいのか、負ける言い訳を自分で作っているんじゃないのか、そんなふうに考えてずっと我慢していたのだ。

それももう終わり。家を出た以上、これからはアリアに限らず、人と無理に競争する必要なんてない。そういうのはやりたい人達が勝手にやってればいい。私は私でしたいことをするんだから。

だから――

「……ちょ、ちょっと短すぎるかな？」

思いきってスカートの丈が膝上のものを選んじゃった。凄いスースーする。同じスカートなのに、ドレスとは全然違う。

「や、やっぱり似合ってない……かな？」

最初はそこまで酷くないいんじゃないかと感じたものの、更衣室に備えられた鏡を見ている内に段々と不安になってきた。どうしよう。誰かに見られる前にドレス姿に戻ろうかな。

「私みたいな女がこんな格好してたら絶対笑われるよね」

指を差されてゲラゲラと。そしてとても惨めな気分になるのだ。

「やっぱりドレスに……って、それじゃあ今までと一緒じゃない」

せっかく平民になったのに。着たいものを自分から諦めるとか……ありえないわ。

「そうよ。笑われるくらい平気よ。だって私は……」

ずっと、父の失望と王子の嘲笑に耐えてきた。今更知らない人に笑われるくらい、何だというのだ。

このスカートを穿いてみたい。そう思った。だから穿く。それ以外の理由なんて必要ないのよ。

私はまた悩み始める前に、勢いよく更衣室のカーテンを開けた。

「すみません、これください」

「はい。ただ今伺います」

やってきた店員さんは私を一目見るなり、「よくお似合いですよ」と言って微笑んでくれた。

たとえそれが店員としてのお世辞であったとしても、私はきっとこの何げない言葉を一生忘れないだろう。そう確信する。

そして他にも何着かの服を買って、着ていたドレスを売り、私は『フリー』を出た。

そろそろ今夜泊まる宿を探したほうがいいかな？　空は夕陽色に染まり、ほんの少しだけ冷たくなった風が私の髪を弄ぶ。

「……髪も切ろうかな」

基本的に貴族の子女は長くてボリュームのある髪の人が多い。例に漏れず、私もそんな髪をしているけど、肩の辺りまでならともかく腰まであると、椅子に座る時やベッドで横になる時に気を使う。髪が長くていいことなんてあんまりない。というか皆無だ。なので、以前から手入れの簡単そうな短い髪に憧れていたのに、スカート同様、諦めていた。

「床屋……に行ってみたいけど、やっぱり先に行くのはあそこだよね」

そんなわけで私は移動する。本当は宿を先に探したほうが賢いのだろう。でも、今できることは明日が来るまでに全部しておきたかった。

少し歩くと、見慣れない街の風景が通い慣れた街並みに変わる。人気のない路地裏の行き止まり。商売するには不便極まりないその場所に、目的のお店がポツンと立っていた。

オオルバ魔法店。ここととシムカ書店は、学生時代何度となく足を運んだ、数少ない行きつけだ。

「いらっしゃい。……ん？　んんっ？　おや、まぁ、アンタ、ドロシー嬢ちゃんかい？　たった数日で別人のようになってるじゃないか」

「こんばんは、オオルバさん。今日は売りたいものがあって来ました」

「何だい藪から棒に。そりゃ、価値のあるものなら金を払うけどね。会って早々ビジネスの話ってのはつまらないよ。いつも言ってるだろ？　無駄を楽しめってね。まったく、変わったのは見てくれだけなのかい？」

オオルバさんは呆れたように肩をすくめると、キセルに火を灯した。

彼女はかなり身長が低い。でも魔法の力でいつも浮いていて、視線の高さは私と同じだ。

そんな彼女は事あるごとに言う。無駄を楽しめと。それが口癖なのだ。

聞き飽きたその言葉に、いつも私はすっかりお決まりとなった言葉を返している。

無駄なことをしている時間なんてありませんから。

だってそうでしょう？　私は天才じゃない。そんな人間が天才に勝とうと思ったら、無駄なことをしてる暇なんてない。遊ぶ時間を削り、本当は欲しい友達もいらないと嘯いて、教科書を開くだけで気分が悪くなっても我慢。それでようやく天才達が私というちっぽけな凡人を意識してくれる。

それは爪先立ちで歩くような不安定な日々だ。けど、それをやめたら私なんか生きてる価値はないと本気で信じていた。だから、オオルバさんが訳知り顔で無駄を楽しめという度に、心の中でいつも叫んでいたのだ。私に構わないで！　って。

でも今は――

「そうですね。それじゃあ少しだけ、私の無駄話に付き合ってもらってもいいですか？」

「おや、珍しい。どうやらドロシー嬢ちゃんの中で大きな変化があったようだね」

「はい。ありました。すっごいことが。それで話を誰かに聞いてほしいだなんて柄にもないことを思ってるんですけど……」

私は一体何を言っているのだ？　そりゃ確かにオオルバさんとは顔見知りだし、誰でもいいから愚痴を聞いてもらいたい気持ちはある。でも、友達でもない人にこんなこと頼むかな？　友達がいないからと、都合よくオオルバさんを友達扱いするのは違う気がした。

やだ、なんか急に恥ずかしくなってきたわ。

「あの、ごめんなさい。やっぱり何でもないです。それよりも買い取ってほしいものがあって――」

「待ちな！」

「は、はい？」

「まさかそこまで思わせぶりなことを言っておいて、何も話さずに終わる気かい？　嬢ちゃん、アンタ私に何か恨みでもあるのかい？」

「う、恨みだなんて、そんなのあるわけないじゃないですか。ただ、話そうとしたのは凄く私的なことで、聞いても全然つまらないですよ？」

「はっ。私的な話だって？　覚えておきな。私的じゃない話なんて、この世のどこにもないんだよ。ほら、何があったんだい？　若い子の悩みってのは、このババアには最高の冒険譚なんだ。ケチケチしないで話してみな」

オオルバさんの顔は明らかに好奇心丸出しで、私の心配をしているわけではなさそうだ。だから、簡単に話すことができた。お父様やゲルド王子への不満。平民になったことへの喜びと不安を。

話している最中、少しだけ声が震えて頬を何かが伝った気がするけど、きっと気のせいだ。だってオオルバさんは何も言わない。何も言わず、ただ最後まで私の話を聞いてくれた。


「――そうかい。それでドロシー嬢ちゃん、アンタこれからどうする気だい？」

話を聞き終えたオオルバさんは、まず初めにそう聞いてきた。

ここで弱音タイムは終了だ。

私は目元を腕で拭って、強引に気分を入れ替える。

「ひとまずこの髪を売りたいと思います。買い取ってくれませんか？」

女の髪の毛、とりわけ魔法使いのものは触媒として扱われ、髪の毛を売るだけで生計を立てる魔法使いもいるほどだ。

「そりゃ嬢ちゃんくらい腕の立つ魔法使いの髪の毛なら喜んで買うがね。いいのかい？　それだけ伸ばすのには苦労したろ」

「はい。でも私の魔法に髪を触媒として扱うものは殆どありませんし、あっても一、二本あれば十分です。何よりも……」

「何よりも？」

「私、長い髪ってあんまり好きじゃないんですよ」

「ぷっ。ふっ、ふふ……そ、そうかい。よし、それじゃあ奥に来な。私が切ってやる」

「え？　ナイフを貸してもらえれば自分でやりますよ」

「若い女が何をバカなこと、言ってるんだい。ほら、入った。入った」

「はぁ。それじゃあ、その、お願いします」

「ああ。このババアに任せておきな」

そして私はオオルバさんに髪を切ってもらった。

「――こんなもんでどうだい？」

「凄く……いいです」

鏡に写っているショートカットは、私の希望と寸分違わない。ナイフで適当に切った後で床屋に行こうと思っていた私は、オオルバさんの思わぬ特技に驚いた。

「それじゃあ約束通りこの髪はこっちで引き取るよ。それとそこに洗面台があるから、いい加減その化粧落としたらどうだい？」

私としても顔に塗りたくった化粧を落としたかったので、遠慮なく洗面台をお借りする。……うわ、凄い隈。

「ふむ。思った通り、若い女の魔力に満ちた上質な髪だね。金額は……こんなもんでどうだい？」

「ありがとうござ……えっ!?　あの、金額間違えてませんか？」

「何だい、足りなかったかい？」

「ち、違います。多すぎですよ」

オオルバさんが無造作に投げてきた袋の中には、先ほど宝石を売ったのとほぼ同じ額が入っていた。

「この髪にはそれだけの価値がある。ああ、言っておくが、また伸ばしたからって同じ額は出せないからね。この髪にはお前さんの苦悩と決意が滲み込んでいる。それが上質な魔法の媒介になるからこその額だ」

そう言われても、やはり多すぎる気がする。

「何を迷ってるんだい。もうお貴族様じゃないんだろ？　貰えるもんは遠慮なく貰っておきな。ああ、それと……ふむ。こんなもんか。これはお代として私が貰っておくよ」

「あ、ひょっとして髪を切ってくれた分ですか？」

オオルバさんが報酬の袋から金貨を何枚か取り出す。髪を切っただけにしては多すぎな気もするけど、元々報酬自体が多いのでまったく構わない。

「そんなわけないだろ。私は魔法店の店主であって床屋じゃないんだよ。これは嬢ちゃんに貸す二階の賃料だ。一年なら好きに使って構わないよ」

「……え？　いや、でも、私が二階を使ったらオオルバさんが困りますよね？」

「私みたいなごうつくばりのババアがこんな汚い店に寝泊まりしてるわけないだろう。大体そんな疲れ切った顔で今から宿を探す気かい？　行き倒れてお金を全部取られても知らないよ」

「そ、それは……」

「分かったら、ほら、さっさと荷物置いてきな。そのまま寝ちまってもいいからね」

オオルバさんに押し切られる形でお店の二階に移動する。部屋には木製のベッドに机、後は本棚があった。こぢんまりとしていながらも不思議と落ち着く空間だ。

白いシーツに寝っ転がると、日向(ひなた)の匂いに包まれる。

「今日はお言葉に甘えよう。明日になったら……なったら……」

あ、駄目だ眠い。

強烈な睡魔に導かれて瞼(まぶた)が落ちる。こうして人生の転換点とも言うべき濃い一日に幕が降りた。

第三章　朝食

とってもいい匂いが鼻腔をくすぐった。

何だろう？　気になるけど布団が気持ちいい。まだ寝てようかな。ううん。駄目だ。勉強しないと。ただでさえ追いつけないのに、これ以上アリアに差をつけられたらまたお父様に叱られちゃう。

「起きろ。……起きるのよ、私」

二度寝というあまりにも甘美な誘惑。それを断ち切って重い瞼を開き、布団を勢いよく剥ぐ。

上半身を起こして……お、起こして……よし。立ち上がれた。偉い。偉いぞ私。後はドレスに着替えて朝食の前に昨日の復習を……あれ？　昨日は何を勉強したんだっけ？　というか――

「え？　ど、どこ？　ここ」

そこはどう見ても私の部屋じゃなかった。

……えっ？　どうして？

「えっと……夢？」

夢とは思えないのに、意味不明すぎる状況だ。

「昨日は確か…………あっ!?」

思い出した。そうだ。そうだった。私、王様の前で貴族を辞めるって宣言しちゃったんだ。それでここは――

「オオルバ魔法店。そっか」

ドレスが見つからないのは当然だ。あれは『フリー』に売った。中古で宝石や髪の毛ほどの値はつかなかったけど、そこそこの金額にはなった。

「……教科書もないのよね」

日課の勉強をしなくていいと分かると途端に気が抜け、私はベッドへ戻る。

「………これからどうしよう」

今までの人生では、アリアに勝ってお父様に認めてもらうのが目的だった。思い返しても辛いだけの日々だったものの、目的が与えられた環境というのはある意味分かりやすい。

でも、これからは違う。お父様はもう私に命令できない。ううん。命令してきても絶対無視してやるんだ。私は自由。これから何をするのも自分で決められる。それって――

「凄く(すご)ドキドキする」

テスト前の吐きそうになる緊張とは別の、走り出したくなるような胸の昂(たか)まり。それに触発されたのか、グゥウウウ～!!　と盛大にお腹(なか)が鳴った。

「と、とにかくまずは朝食ね。って、わっ!?　え？　もうこんな時間？」

部屋に備(そな)え付けられている時計に今頃、気が付く。時刻はもう少しで正午だ。

「こんなに眠ったの初めて」

それでもベッドから出たくないと思えるんだから、その気になれば一日中だって寝ていられそう。

「いや、それもありかな？」

せっかくお父様のもとを離れたのだ。今までできなかったことをしてみたい。一日中ベッドで過ごす。……凄（すご）く気持ちよさそうだ。

「うん。ありよね。というわけでもう一眠り――」

「ありなわけないだろう。まったくこの子は、起きて早々、何を言ってるんだい」

「ひゃっ!?　オ、オオルバさん？」

唐突に開かれたドアの向こうで、この店の主が宙に浮いた状態で腰に手を当てていた。

「目が覚めたんなら早いところ下りてきな。お昼、嬢ちゃんの分もついでに作ったから食べておくれ。ああ、その前に顔を洗うんだよ。洗面台は昨日使ったから場所は分かるね？　私はこの後仕入れに出掛けるから、あまり時間がないんだよ。ちゃっちゃと動く。分かったかい？」

「ええっ!?　あの、その……は、はい」

応えた時には既（すで）にオオルバさんは部屋を出た後だ。私は慌てて着替えを済ませて一階に下りる。テーブルの上には料理が並んでいて、そこから湯気が立ち昇っていた。

起きた時に嗅（か）いだ匂いはこれだったのかと、よく分からない感動を覚える。

「顔を洗ったなら席に着きな。飲み物はお茶とコーヒー、それと牛の乳があるけど、どれがいい？」

「えっと……コーヒーを頂けますか？」

「はいよ。ミルクと砂糖は置いておくから好きに使っておくれ」

目玉焼きが載った皿の横に銀色のマグカップが置かれる。オオルバさんがテーブルの上に置いた自分専用の小さな席に着いたので、私もその正面に腰掛けた。

誰かと食卓を囲む。そんな経験はいつぶりだろう。お父様の指示で行われる会食以外、家では皆バラバラに食べていたし、学校ではいつも一人だった。昨日の城での会を除けば、食事をするためにこうして人と向き合うのは、本当に久しぶりだ。

「それで？　昨日はよく眠れたかい？」

「は、はい。おかげさまで。本当にありがとうございます。その、色々とよくしてもらって」

「別に礼を言われることじゃないよ。賃料はちゃんと貰ってるんだから、ただのビジネスさ」

確かにそうなのかもしれないけど、とてもそれだけには思えない。今だってこうしてご飯を作ってもらっている。普通あんまりないと思う、人にこんなによくしてもらえることなんて。

「そ、それでも感謝してます。その、ほ、本当に」

交友関係がなさすぎて対人能力が低い私だけど、気持ちを伝えるのが大切なことくらいは分かる。分かるけど……何度もお礼を言うのはしつこいかな？　ああ、こういう時の正解が分からない。本屋でこういう場面への対処法を書いた本を探そう。うん。そうしよう。

見ると、オオルバさんは軽く肩をすくめただけで特に何を言うでもなく、ご飯を食べ始めている。気恥ずかしくなった私も、ご飯をいただくことにした。

「わっ、美味しい」

「そりゃよかった。こんなんでよければ毎日作ってあげるよ」

「そ、それは流石に悪いですよ」

「料理は趣味なんでね。ババアの遊びに付き合ってくれると嬉しんだけど、ダメかい？」

「えっと……それじゃあ、お、お願いします」

「承（うけたまわ）ったよ。ただし好き嫌いに関しては聞かないからね」

「それは大丈夫です。お父様に躾（しつけ）られてますので」

好き嫌いなどという子供っぽい理由で食事に手をつけない姿を、王との会食で見せるわけにはいかないと、子供の頃から何でも食べるように厳しく言い付けられてきた。そのくせ面倒だからと、私が食べるところは直接見ず、メイドさんに報告させる。今思うとどれだけ私を道具扱いしてるんだろうって話だ。

「アンタの父親ね。フェアリーラ魔法学校で二位を取るような逸材を無能扱いするってのは、このババアにはよく分からない感性だよ」

「父は見栄（みえ）ばかり気にして現実が見えてない古い人間ですから」

「ほう。それじゃあその父親よりも歳（とし）を食ってるこのババアはどんな人間なんだい？」

「あっ、いや、そ、そういう意味で言ったんじゃなくて、それにオオルバさんは全然お若く見えますし、その……す、すみません」

「クックック。分かってるよ。からかっただけだよ」

「も、もう。意地悪です」

こういうやり取りに慣れていない私は、オオルバさんを怒らせたわけじゃないと分かってホッと胸を撫（な）で下ろす。

「しかしそんな変人だと逆に興味が湧くね。どれ、嬢ちゃんの父親がどんな人物なのか、ちょっとこのババアに教えてはくれないかね」

「いいですよ。まず父は――」

私はお父様の、こんなこと娘にする？　といったエピソードをオオルバさんにこれでもかと話して聞かせた。誰かとお喋りしながらとる食事は凄く美味しくて、気付くと、お皿もマグカップも空になっている。

「ごちそうさまでした」

「はい。お粗末さまでした。そうだ。出掛ける前に、ちょっと嬢ちゃんに見てもらいたいもんがあるんだよ。悪いけど少しだけ付き合ってくれないかい？」

食事を終えた時、オオルバさんが唐突にそう言った。

勉強時間がなくなっちゃう。なんて咄嗟に思ったけど、もうそんなもの気にする必要はないのよね。

「はい。全然構いませんよ」

「よし。それじゃあこっちだよ」

オオルバさんに連れられて店の奥にある商品の保管庫に入る。様々な魔法の道具が仕舞われているその部屋の中央にはテーブルがあって、その上に三つの品が置かれていた。

「それ、先日仕入れたモノが今朝届いたんだけど、何の商品か分かるかい？」

テーブルに並べられているのは黒い鳥の羽に、小瓶に入った輝く粉、そして葉脈が青い草だった。

「左から黒鳥の羽に妖精の粉、そして氷結の傷草ですね」

どれも値が張るものばかりだ。特に妖精の粉はお父様でも持っているか怪しい。

「流石（さすが）だね。これをこの金額で売ろうと思ってるんだけど、ドロシー嬢ちゃんの意見を聞かせちゃくれないかね」

「構いませんけど、それはお客としての意見ですか？　売る側に回った場合の意見ですか？」

魔法には観測と認識が重要だ。だからテストには、引っ掛け問題がよく出てくる。今みたいに立場によって見方が変わる質問には、まず自分がどの立場にいるのかを意識する癖がついていた。

「ふふ。いいね、流石（さすが）だよ。売り手側として考えておくれ」

「売り手側、ですか」

てっきり買い手側としての感想を求められているのかと思ったから、ちょっと意外な返答だ。私は金額が書いてあるメモに目を通す。

「そうですね。黒鳥の羽根は妥当な価格だと思います。氷結の傷草はお店の事情次第で、妖精の粉に関してはもっと上げるべきかと」

「ほう、そりゃまた一体どうしてだい？」

「氷結の傷草は生える所が限られている上、年々数が少なくなっています。手に入れるには採取専門の冒険者に依頼するのが普通ですが、少なくないお金が掛かります。オオルバさんが独自の入荷ルートを持っていないのであれば、この価格で販売した場合、殆（ほとん）ど利益が出ないと思われます」

「なるほどね。妖精の粉は？」

「こちらはそもそも依頼したからといって、簡単に入手できるものではありません。多分、この三倍くらいの値段にしても買い手は見つかると思いますよ」

「ふーむ。なるほどね。嬢ちゃんの意見は分かったよ」

オオルバさんは宙にぷかぷか浮かびながら腕を組むと、何やら熟考し始めた。私はドキドキと、まるでテストの結果を待っている時みたいな緊張感を覚える。

「あ、あの。どうでした？　私の考えは」

やっぱり採点って気になっちゃう。私が我慢できずに聞くと、オルバさんは目をカッと見開く。

「うん。決めた！　嬢ちゃん、うちで働いてみないかい？」

「…………はい？」

それはまったく思いもよらぬ提案だった。

「私が、この店で働く」

そう言えば、卒業したら家で花嫁修業しつつ王妃の公務について学ぶ予定だったため、せっかく魔法学校を二番で卒業したのに、私には職がない。お金を作って安心し、そこまで差し迫った必要性を感じていなかったのもあるが、オオルバさんのあまりにも唐突な提案に何と答えていいか咄嗟(とっさ)に言葉が出てこなかった。

「まぁ、働くと言っても、当面は最も人の少ない、月と炎の日にちょっと手伝ってもらう感じかね。嬢ちゃんがやりたい仕事を見つけたら、そっちを優先してくれて構わないよ」

「や、やります！　やらせてください！」

我に返った私はそう叫んでいた。

まさかこんな形で職が見つかるなんて。自分でも驚くくらい運がいい。

「よし、それじゃあ細かい条件は今夜にでも話そうか。私は出掛けてくるけど、嬢ちゃんはどうする？」

「そうですね。私は……」

ご飯を食べる前は一日中寝るのもありかと思っていたけれど、今はとてもそんな気分になれない。

「街を見て回ろうかと思います」

「そうかい。まぁ嬢ちゃんは私から見ても根を詰めすぎていたからね。お金もあるだろうし、誰はばかることなく存分に遊びな」

そう言ってオオルバさんは出掛けていった。その際にお店と部屋の鍵を受け取る。

重要な魔法具が入ってる保管庫の鍵はまた別にあるから戸締りは適当でいいと言われたものの、そんなわけにもいかずしっかりと施錠を確認する。

「よし。それじゃあ私も出掛けようかな」

外はいい日差しだ。散歩するだけでも楽しそう。だけど、どうせなら目的の一つでも欲しい。思いつくのは――

「食べ歩き……かな」

クラスの子達がよく話していた。どこどこのお店が美味しいとか、あのお店に新作が出たとか。

そんな話を聞く度によくそんな無駄な時間を間食にかけられるなと呆れたフリをしていたけど、本当は私も食べてみたかった。特に気になっていたのが、プリンパフェだ。そもそもプリンパフェって何？　プリンとパフェは別のスイーツなのに、それが一つになったものって何なの？　そんなの、絶対美味しいスイーツに決まってるわ。

「よし。食べに行こう」

プリンパフェを。プリンとパフェが合体した未知のスイーツを。

目的地が決まった。クラスの子達が話していたお店の名前は覚えている。場所も大体は分かる。問題なく行けるはずだ。そして、実際それらしきお店の前まで来られた。来られたけど——

「あ、あれってまさか……」

こっちに向かって歩いてくる三人。その顔ぶれに、私は覚えがある。

「クラスの子だ」

正確には、卒業したばかりの魔法学校でのクラスメイト。

ど、どうしよう。まさかこんな所でバッタリ会うなんて。……は、話しかけてみようかな？　うん。話しかけてみたい。でも殆ど接点なかったし、今更変かな？　変だよね。

などと考えている内に、元クラスメイト達がこちらにどんどん近付いてくる。三人は相変わらず楽しそうだ。私もあんなふうにお喋りしたいっていつも思っていた。

……いつも？　もう私はいつもの私じゃない。

「あ、あの！」

勇気を振り絞って声を出す。元クラスメイト達がこっちを向いた。

「こ、こんにちは」

「？　こんにちは」

それだけ。それだけ言って彼女達は私とすれ違う。背後で、「誰？」「さぁ」みたいな会話が聞こえてきて、頬がカァアアと熱くなった。

そ、そうだよね。殆ど会話をしたことのない私なんて覚えているわけがない。なのに私ったら……

晴れやかだった気分が一気に曇る。楽しみにしていたお店が目の前にあるのに、とても入る気にはなれなかった。そもそもこんな気持ちでは、せっかくのスイーツがきっと楽しめない。

だから、どこか別の場所に移動しようとしたんだけど――

「あっ⁉　ひょっとして？」

そんな声が背後で上がった。振り返ると、元クラスメイトの一人――メルルさんだ。彼女が近付いてくる。

「えっと、ひょっとして……ドロシーさん？」

その一言に、私の心臓は大きく波打った。

「う、うん。そうだよ。久しぶり、メルルさん」

「やっぱり。驚いちゃった。その、ドロシーさん、凄く変わったから」

言われて髪をバッサリ切ったことを思い出した。ついでに膝が見えるスカートを穿いていることも。メルルさんの視線に、私は思わず体を縮こまらせる。

「え？　ドロシーさんって、うわっ、本当だ」

メルルさんと一緒にいた二人、センカさんとアリリアナさんもこっちにやってきた。

「ドロシーさん、イメチェンしすぎでしょ。誰？　とか言っちゃった。アハハ、ごめ～ん」

金色のボブヘアーを揺らして笑うアリリアナさん。そんな彼女を、黒髪をポニーテールにしたセンカさんがギロリと睨む。

「アリリアナ、相手は貴族である上に次期王妃だぞ。言葉に気をつけたほうがいい」

「え～。でもクラスメイトじゃん。あっ、もう違うのか。えっと、謝ったほうがいい感じ？　ドロシーさん……いや、様？」

「う、ううん。そんな、気にしないで。それにそもそも私、貴族辞めちゃったから。ゲルド王子との婚約も解消しちゃったし、もう次期王妃でもないの。今の私は舞台の配役で言うところの村人

A、みたいな？　だから気を使う必要なんて一切ないよ。普通に喋ってくれると嬉しいかな、なんて……あはは」

ああ、マズイ。三人のポカンとしたあの顔。何？　何か間違えた？　フレンドリーさを全面に出しすぎ？　うわ、こいつ必死すぎとか思われていたらどうしよう。貴族らしくもっと優雅な感じで話したほうがよかったかも。でも、もう貴族じゃないし。それに確かセンカさんとアリリアナさんは平民。……あれ？　でもメルルさんは貴族だし。ああ、分からないわ。一体何が正解なの？　お願いだから黙ってないで何か言ってちょうだい。

「アハハ！　笑える。何？　何？　ドロシーさんってそういう冗談言う人だったんだ。めっちゃ意外。でもその辺の貴族にはないその笑いのセンス、嫌いじゃないぜ」

ビシッと親指を立てるアリリアナさん。そんな彼女に対して、隣にいるメルルさんがニッコリと微笑んだ。

「ゴメンね、アリリアナちゃん。その辺の貴族で」

「こわっ。その笑みこわっ。センカ、どうしよう。メルルがブラックメルルに変身しちゃった」

「お前が余計なことを言うからだろう。それとドロシー様、冗談だと分かっておりますが、身分については過敏な反応をする者が少なくありません。笑いを取るために今のような発言をなさるのは、控えたほうがよろしいかと」

「いや、真面目か！」

「真面目だぞ。相手は将来、主となるお方だ。いらないトラブルに主が巻き込まれる前に苦言を呈するのも臣下の務めだ」

見るからに気心の知れた三人のやり取り。学校でもこの三人はいつも一緒だった。

私にもそんな相手がいればな……ああ、本当に羨ましい。それはともかく――

「いや、あの、冗談じゃない……からね？」

「え？　それってドロシーさん、お話のどの部分が？」

「分かった。王妃の部分だ。つまり王子との電撃破局。明日の伝達絵巻の一面はこれで間違いなしね」

「そうなのですか？　ドロシー様」

「いや、そこもだけど、それだけじゃなくて貴族を辞めたとこも。私、王様の前で平民になるって宣言してお城を飛び出しちゃったから。だからもうドロテア家の者ではないし、ましてやゲルド王子の婚約者でもないの」

「「「え？」」」

三人は綺麗に声を揃えると、再びポカンとした顔をした。

ちょっとの間を置いてアリリアナさんが――

「ああ、もう。ドロシーさんの話がメッチャ聞きたいのに、時間が、時間がぁあああ!!　ああ、できることなら学生に戻りたい。誰か時間を巻き戻せる魔法をプリーズ。メルル？」

ポカンとした顔から一転して頭を掻きむしったかと思えば、メルルさんの肩をこれでもかと揺さぶる。

「ごめんねアリリアナちゃん。その辺の貴族でしかない私にはそんな大魔法、ちょっと無理かな」

「貴族ではないが、右に同じく。そもそも時間の逆行なんて大魔法、実在するのかも疑わしい。歴史上扱えたとされた者達も殆どが箔をつけるのが目的で……このあたりは授業で習っただろう」

「夢も希望もないお話をありがとう。ドロシーさんは？　時間をパパッと戻せちゃうような魔法、使えない感じ？」

　アリリアナさんが私の両手を掴んで潤んだ瞳で見つめてくる。……えっと、これは冗談で言ってるんだよね？　小粋なジョークでも返したほうがいいのかしら？　そうしたら、面白い人と思って友達になってくれるかもしれないわ。よし。言うわよ。クラスの子達が言っていたような、笑いを誘う面白いことを……ことを……こと、を……

「…………ごめん。無理かな」

　何も思いつかなかった。結局出たのは何の面白みもない台詞だ。はぁ、どうして私ってこうなんだろ。

「だよね。アハハ。仕方ないか。それじゃあ労働が呼んでる感じなんで、私は行くわ」

　アリリアナさんは親指を立てると、未練なさげに私に背を向けた。

　遠くなっていく元クラスメイトの背中。これでお別れかと思うと残念すぎて泣けてくる。もしもまだ私達がクラスメイトなら、明日話しかけるきっかけになったのに。どうしてこんな展開を在学中に起こせなかったのだろ。勉強に捧げた時間を後悔したくない。したくないのに――

「あっ、そうだ」

「え？」

その時、何の前触れもなく、アリリアナさんが振り返った。

「せっかくなんだしドロシーさん、今度一緒にお茶しない？」

「うん。……って？　へっ⁉　わ、私と？」

「そう。駄目な感じ？」

「だ、駄目じゃない。全然。むしろお茶したくてたまらない。うん。しよう。お茶。絶対。是非」

「おお。嬉しいこと言ってくれるね。またドロシーさんの意外な一面を知れた気分です。それじゃあこれ、私の連絡先。手紙でもいいし、魔法文字でもいいから、後で遊べる日にちを教えてね」

「う、うん。絶対連絡するから」

「オッケー。待ってる！　それじゃまたね」

手を振りながら去っていくアリリアナさん。私は彼女が見えなくなるまで手をブンブンと振り続けた。

……う、嘘みたいだ。私の手に友達の連絡先がある。

友達？　友達って言ってもいいのかな？　それともまだ早い？　知人と友人の線引きってどこからなんだろう。いや、それよりも大切なのはこれからだ。これをどう発展させればいいか。後で友人関係について書かれた本を探さなきゃ。うん、そうしよう。

「騒がしい奴だ。申し訳ありません、ドロシー様。ですが、気安すぎるところはあっても決して悪い奴ではありません。もしもお気に障ったようでしたら後で私から言っておきますので、とりあえず今日のところはアリリアナの無礼を大目に見ていただければ助かります」

「え？　ぶ、無礼なんて。そんなことないからね。凄く嬉しかったし。それと私に敬語は必要ないよ。本当にもう貴族じゃないの」

「……そうですか。いや、そうか。なら、一ついいだろうか」

「うん。何でも言って。まぁ、今の私にできることなんてあんまりないけど」

むしろちゃんと働いているセンカさん達のほうが、できることは多いだろう。オオルバさんの提案は嬉しかったが、週に二回って話だし……魔法店以外にも仕事を探したほうがいいかもしれない。

「いや、そんなに大したことではないんだ。アリリアナとのお茶会、私も参加していいだろうか？」

「えっ⁉　う、うん。それは勿論」

「はい！　私も参加したいのですが、よろしいでしょうか？」

「ええっ⁉」

手をビシッと上げたメルルさん。私にとって願ったり叶ったりな展開に、思わず声が出る。

「あれ、ひょっとして駄目だったかな？」

「う、ううん。そんなことない。そんなことないよ」

むしろ大歓迎だ。

「よかった。実はドロシーさんとは、ゆっくりお話してみたかったの」

「わ、私もメルルさんとお話ししたいと思ってたわ。あっ、勿論、センカさんやアリリアナさんともね」

「本当？　嬉しいな」

「私もだ。だがすまない。そろそろ休み時間が終わる。もう行かなければならない。アリリアナに連絡してくれれば私にも伝わるので、お茶会の時にゆっくり話そう。私の連絡先もその時に渡す」

「う、うん。楽しみにしてる」

「ああ、私もだ。メルルはまだ時間大丈夫なのか？」

「ううん。私もそろそろ行かないと。それじゃあドロシーさん、また今度」

「うん。ま、またね」

またね。そう言ってクラスメイトと別れる。こ、こんな出来事が私に訪れるなんて。これだけでもお父様のもとを離れた甲斐があったわ。

嬉しさが込み上げてきて、いても立ってもいられなくなった。

「よし。入ってみよう」

一度は諦めかけたプリンパフェにチャレンジしたくなる。

私はおっかなびっくりとお店に入り、多種多様なスイーツの中から目的のものを注文した。

「お待たせしました。特大プププ三盛りパフェです」

「わぁ」

テーブルの上にドンッと君臨するスイーツのボリュームに、開いた口が塞がらない。何これ？

三層になっているプリンの上にこれでもかとクリームが載っていて、そのプリンが思ってた以上に大きい。というか大きすぎない？　いや、確かに特大と書いてあったものの、まさかここまでとは。

初めてのプリンパフェ記念に一番大きなのを選んじゃったけど、食べられるかな？

何はともあれ、まずは一口。

「頂きます。……うわ!?　お、美味しい」

家の格ばかりにこだわるお父様のもとにいた私は、常にテーブルマナーに気を配らねばならず、一人であることを除けば、味自体は高級レストランにも負けない料理をそれなりに食べてきた。

それらに全然負けていない！　というか美味しさの種類が違う感じかな。お父様が好む料理が高価な絵だとするなら、こちらは大衆向けに作られた絵巻みたいな？　肩肘張らずに楽しめるのに、お父様みたいな人は幼稚だと切り捨てそうな、そんな味ね。……って、自分で例えてみたけど、この味が幼稚とかあり得ないわ。こんなに美味しいんだもの。

「――アンタね～。また特大で注文したの？」

「だって好きなんだもん」

「だもんって、また私にヘルプ頼むのやめてよね。今ダイエット中なんだからさぁ」

「だいじょ～ぶ。いけるって。このパフェマスターの胃袋を信じなさい」

他のテーブルから聞こえてくる楽しそうな声。……ひょっとしてだけど、このプリンパフェって一人で頼むものじゃなくて、友達と分けるのを前提に作られているのかしら？　だとしたらこの大きさも納得だわ。

……ん？　つまり私って、普通は一人では食べないようなものを注文しちゃったってこと？　友達とわいわい食べるスイーツを一人寂しくテーブルで食べる女に見られてる？　やだ、なんか急に恥ずかしくなってきたわ。

周りのテーブルをそれとなく観察してみる。

私以外にも一人で来ている人はいる。でもやっぱりこのサイズのパフェを食べている人はいない。

あっ、でもあのテーブルの子、友達と一緒だけど私と同じものを一人で食べているわ。うん。

やっぱり一人で食べてもおかしくない……って、いけない。私ったらまた周りの目を気にして。

自分がしたいことをすると決めたのに、どうしてすぐに周囲が気になっちゃうんだろう？　せっかくメルルさん達のおかげでプリンパフェを食べる勇気が出たのに。

よし。もう周りのことなんて気にしない。私は純粋にこのプリンパフェを楽しんでやるんだ。さぁ、スプーンを持つのよ私。注文は既に終わっているのだから。

魔法の修業で培った集中力を総動員して周囲の雑音をシャットアウトし、私は純粋にスイーツを楽しむことにした。夢にまで見たプリンパフェは本当に美味しくて、美味しくて、美味しいけれども……

「お、多い」

さ、流石にキツイ。どうしよう？　残そうかな。でもこれはただのプリンパフェじゃない。人生初のプリンパフェなのだ。できれば食べたい。ああ、ここにメルルさん達がいてくれたなら、ちょっと手伝ってあげるね。とか。私の分も食べてみる？　とか。そういうやり取りができたのかもしれない。……やってみたいわ、そういうの。そのためにも次のお茶会は絶対に失敗できない。

お店に戻ったら早速部屋に魔法文字を設置して、いつでもアリリアナさんと連絡を取り合えるようにしなくちゃ。いずれはセンカさんやメルルさんとも。その前にこ、このプリンパフェを——

「無理ならやめておけば？」

「う、ううん。食べられる。絶対食べられるから。ちょっとコーヒーのお代わりしてくるわ」

あのテーブルの子達の会話が耳に入る。コーヒーのお代わり？　そうか。その手があったのか。甘いものにコーヒーは合う。これは真理よ。いける。いけるわ。

私はコーヒーの魔法瓶が置いてあるカウンターに移動した。店員さんに聞いたところ、あらかじめ料金を払えば自由にお代わりできる仕組みのようだ。いちいち給仕の人に言わなくてもいいなんてすっごく便利。

コーヒーを入れていると、私と同じく一人で特大プリンパフェに挑戦している子が隣に来る。

私が彼女を意識していたように、彼女も私を意識していたみたいで、カップに並々注いだコーヒーを片手に彼女は唐突に親指を立てた。

「頑張りましょう」

それだけ言って自分のテーブルに戻っていくパフェマスター。

それは会話というにはあまりにも短いやり取り。でもそれがとても嬉しくて、私は席に戻り根性で特大のプリンパフェを完食した。

「——それで無理してパフェを食べたから気分が悪いってわけかい」

お店に戻るなりベッドに倒れ込んだ私を見て、オオルバさんが呆れたようにため息をつく。あまりの恥ずかしさに頭から被(かぶ)っていた布団を、私は少しずらした。

「ご、ごめんなさい」

「謝ることじゃないけどね。外出から戻るなりお腹(なか)を押さえてベッドに入るんで何事かと思ったよ」

プカプカと宙に浮くオオルバさんはキセルを取り出す。けれど、口に咥(くわ)える寸前で思い直したようにそれを仕舞った。

「あの、別に吸ってもらって構いませんよ」

何でも形から入るお父様は、貴族の義務とばかりに葉巻を吸っていた。だから特別好きというわけではないものの、私は煙の匂い自体に慣れている。

「ふん。ここは今、嬢ちゃんの部屋だからね。私の部屋ならともかく、吸わない奴の部屋で吸うつもりはないよ」

「そうですか？　それじゃあ……」

吸ってみるのもありかもしれない。正直何が美味(おい)しいのか想像がつかないが、これだけ吸う人が多いのだ。吸ってみたら、そのよさが分かるかもしれない。

「嬢ちゃんが何を考えてるのか予想がつくから忠告しておくけどね。やめときな。別に悪いもんだと言う気はないが、嬢ちゃんには多分合わないよ」

「そうですか？」

「そうなんだよ。まぁ嬢ちゃんだってもう働ける年齢だ。最終的には自分で決めればいいし、色々なものにチャレンジしようとしてるのは、いいことだと思うよ。でもね、チャレンジしない勇気。いや、チャレンジしないチャレンジってのがあってもいいと私は思うけどね」

「チャレンジしない、チャレンジですか」

何となく伝わりそうで、やっぱりよく分からない言葉だ。オオルバさんはノリで喋（しゃべ）る時がたまにある。今も適当なことを言っているだけなのかもしれない。だけど――

「……よく分かりませんけど、オオルバさんがそこまで言うならやめておきます」

ちょっと好奇心が顔を覗かせただけで、元々吸いたいと思っていたわけじゃない。あんなに美味（おい）しいスイーツでさえ量を間違えると苦しくなる。忠告を無視してまで吸おうとは思わなかった。

「そうしておきな。それよりも二階に上がる前に何か言いかけてなかったかい？」

「あっ。そうでした。魔法文字を設置したいんですが、いいでしょうか？」

「今は嬢ちゃんの部屋だと言ったろ。そんなことといちいち聞くんじゃないよ。……でもまぁ、ドロシー嬢ちゃんにもちゃんと連絡を取り合う相手がいるようで安心した。どれ、文字と板を持ってくるからちょっと待ってな」

一階がお店なだけあって、オオルバさんはすぐに戻ってきた。

「ほら、文字色は三色あるから好きなのを使いな。ボードはこれならタダであげるよ」

「タダなんて悪いですよ。ちゃんとお金払います」

「これくらいいいんだよ。気にせず受け取りな」

「いえ、でも……」

「でも、何だい？」

ギロリと睨まれる。オオルバさんって体が小さいのに、こう言う時の迫力が凄い。

「な、何でもないです」

「ふん。それよりも使い方は分かるのかい……ってこれは聞くまでもないか」

「あ、はい。それは大丈夫です」

とは言っても授業で使ったことがあるだけで、プライベートで使用したことはない。連絡を取り合う友達がいなかったし、新しいものを嫌うお父様は、人との連絡に手紙か式神しか用いないため、家に板自体がなかった。

「それじゃあ私は夕食の準備をするよ。その様子なら、今夜はサラダを少しでいいね」

「えっ⁉　い、いえそんな。朝食だけじゃなく夕食まで作ってもらうなんて悪いですよ」

「私が嬢ちゃんと食べたい気分なんだよ。それともババアとは食べたくないかい？　残念だけどそれなら諦めるよ」

「そ、そんなことはないですよ⁉　あり得ないですからね。全然。本当に」

「なら決まりだね。まだ夕飯までそこそこ時間がある。……どうだい？　その間、他にやることがないなら仕事覚えてみるかい？」

その提案に自分でも驚くくらい心が躍る。

「はい。是非」

「よし。決まりだね。私は先に夕食の準備をしてくる。嬢ちゃんはそれまで体を休めておきな」

そう言ってオオルバさんは部屋を出ていった。

「……仕事かぁ」

メルルさんも、センカさんも、アリリアナさんも働いている様子だった。私も働けば、三人と仕事の話で盛り上がれるかもしれない。クラスの子達がよく授業の感想を言い合っていたように。

「楽しみ。よし、早速板を設置しよ――うっ!? お、お腹が……」

ベッドを飛び出そうとした私は、どうして自分がベッドにいるのかを思い出して、再び横になったのだった。

＊＊＊

「まだドロシーは見つからんのか?」

「は、はい。必死に探しているのですが……。ひょっとしたら王都から出たのかもしれません」

「はん。あの無能に街から出て自力で生きていく能力があるわけなかろう。街の中でさえ怪しいものだ。くだらん言い訳してないで、さっさと娘を探し出せ。見つけるまで帰ってくるな。分かったな」

「か、畏まりました」

ちょっと怒鳴っただけだというのに、使用人は項垂れて部屋を出ていく。この私の前であのような情けない姿を見せるとは、誇り高きドロテアの血族に仕えている自覚が足らん証拠だ。

「娘を見つけたら、あいつはクビだな」

まったく、なぜこの私が魔法とは関係のない些事に駆けずり回らなければならないのか。始まりの魔法使いと呼ばれた偉大なる者の血を引くこの私が。

うんざりする。どいつもこいつも私の足を引っ張る愚か者ばかりだ。偉そうにふんぞりかえる王族も、金勘定しか取り柄がない貴族共も、そして無知蒙昧なる平民共も、偉大な血を引くドロテアをどうしてもっと讃えられないのか。

この世界にはあまりにも愚者が多すぎる。何故、偉大なる存在に敬意を払う程度のこともできないのか。ありがたがるのは金と権力だけ。偉大なる血筋の何たるかをいくら説いたところで、そもそも理解できる頭がないのだ。

だから仕方なく、私が歩み寄るのだ。本来はまったく必要のない王族の称号。それを得るために駆けずり回った。無能な娘にも劣るガキの顔色を窺い、そうしてまとめ上げた婚約。それを、それぉおおおお!!

「ドロシーめ、見つけたらタダでは済まさんぞ」

アリアの足元にも及ばぬ落ちこぼれの分際で、この私の計画をくるわせるとは。馬鹿だ馬鹿だとは思っていたが、ここまでだったなど。貴族を辞めるだと？　私の庇護なしで貴様のような出来損ないが生きていけると本気で考えたのか。あれの底なしの間抜けさはどうしたことだ。私にまったく似ていない。

おそらくは、アリアに私の因子が全て行き、ドロシーにはあの女の影響が色濃く出たのだろう。

そう、あれの母親も実に愚かな女だった。美しく、優れた魔法使いではあったが、愚民同様歴史を解さぬどうしようもない愚か者だった。

「身の丈にあった生活をしましょう。ドロテア家は確かに偉大な血筋だわ。でもそれはもう昔の話。いいじゃない、過去なんて。私と一緒にこれからを生きましょう」

ドロテア家の偉大さを取り戻すために奔走する私に、あの女は抜け抜けとそう言い放った。もう昔の話？　過去などどうでもいい？　私は何て愚かな女を妻としたのだろうか。あの時ほど自分の選択を悔やんだことはない。

だから追放した。元々素性も確かではない怪しい女。金を握らせ、二度とドロテアの敷居を跨ぐなと追い払った。遊んで暮らせるだけの金を渡したのは、それが高貴な者としての義務だからだ。なのにあの女は、そんな私の寛大さに付け込んで娘達を連れ去ろうとした。私のもとにいても幸せにはなれぬなどと抜かして。

まったく笑わせる。私なら娘達に魔法使いとしての最高の環境を与えてやれる。事実与えた。つまり、私以上に優れた親などどこにも存在しないのだ。

そんなことも分からず、何の役にも立たぬ精神論ばかりをのたまう愚か者は、罪人として牢にぶち込んでやればよかった。

いや、そうしようとしたのだ。

子供の誘拐はこの国では死刑にさえなりうる重罪。ところが、王が干渉してきて、二度と街に立ち入らないことを条件に罪に問えなくされた。

ドロシーの無能さはあの愚かな女を彷彿とさせた。だから駄目なのだ。だから無能なのだ。その点、私に似たアリアはどうだ。他の追随を決して許さず、常に余裕を持って頂点に君臨する。あれだ。あれこそがドロテア家の者として正しい姿。倒れるほど勉強しておきながら一位も取れぬ恥さらしとは根本が違う。

アリアこそ、古より続く高貴なる血の体現者。

「女狐め、調子に乗りおって」

私は城から届いた手紙を破り捨てる。中身は、ドロシーの代わりに馬鹿王子とアリアを婚約させようというもの。

無論、冗談ではない。いかに王族の仲間入りをするためとはいえ、ドロテア家の結晶ともいうべきアリアに無能の血を混ぜるなど。

だが、ここで婚約を諦めれば、今までの苦労が全て水の泡だ。

「ドロシーめ、無能は無能同士でくっつけばいいものを」

大方、今頃どこぞの道端で哀れに震えているのだろう。できることなら放っておきたい。無能が自分の無能さに気付いて私に泣きついてくるまで。しかし、万が一にもどこぞの馬の骨とまぐわって王子の婚約者としての資格を失っては目も当てられない。それだけは断固として阻止する必要があった。

「大した才もないくせに無駄な労力を使わせおって」

既に大勢の弟子と使用人を街へ向かわせている。王都は広く探索に時間はかかるとはいえ、数日もあれば見つかるだろう。

それまでの短い間くらいなら、あのバカ王子に夢を見させてやってもいい。

もしもドロシーが見つかるまでにゲルド王子が会いに来たら適当に相手をしてやれと、私はアリアに命じた。

第五章　魔法文字

ど、どうしよう。私、何か間違えたかな？

時刻はもうすぐ二十一時。魔法文字を送ったのが十五時半くらいだったので、既に六時間近い時間が経過している。なのに――

「いくら何でも、そろそろ返事が来てもいいはずだよね？」

魔法文字を送ってからというもの、ちょくちょくと、それこそ夕飯の最中に抜け出してまで文字を確認しているのに、アリリアナさんからの返信が届く気配がない。

どうして？　もう仕事終わってるよね？

「……ひょっとして何か設定間違えたかな？」

もう何回目になるかも分からない確認をもう一度だけしてみる。

壁に掛かったボード。白一色のその板の上には赤い文字で、『お茶会の日程ですが、私は基本的にいつでも大丈夫です。アリリアナさんの都合のいい日でお願いしたいと思います』と、私が書いた文章が映っていた。

この文字はアリリアナさんのボード上でも再現され、彼女が返事をくれたら、赤い文字の下にくっついている青い球体が文字に化けるはずなのだ。

……うん。間違いない。ちゃんとアリアナさんに連絡先として貰った共振石は、ボードに入ってる。このボードは間違いなく共振化状態だ。絶対にこの魔法文字は届いている……はず。

「ひょ、ひょっとして、からかわれ……た？」

今頃私が送った文字を見て、三人でゲラゲラと笑っている、とか。

「い、いくら何でもそんなこと……」

それか、もう貴族じゃないと言ったのがいけなかったのかもしれない。王妃になる女だから仲良くしておこうと思った相手が平民になっていた。もう用はないけどすぐに別れるのも何だから、とりあえず連絡先を渡した。……ありそう。凄くありそうだ。急に友達ができるよりもずっと現実的な気がする。

そこでふと、別れる前に見た三人の顔を思い出す。

だとしたらこの連絡先が本物かは怪しいものだ。

「……う、ううん。メルルさん達はそんな人じゃないわ」

いくら優秀な生徒ばかりを集めた学校だからって、魔法学校の生徒が全員、いい人ってわけじゃない。むしろ型破りな人から、お父様みたいな凝り固まった考えの人まで、色んなタイプの人達がいる。

私は基本一人だったし、次期王妃という肩書きもあって面倒に巻き込まれたことはなかったものの、貴族のグループが平民グループの子達に嫌がらせをしているところを何度か見たことがあった。そんな時、メルルさんは決まって平民の子達を守っていたのだ。他の二人だって貴族を敵に回すのがどれだけ面倒か分かっているはずなのに、全然物怖じせずにそんなメルルさんと肩を並べていた。

るんだ。

そうだ。そんな三人だから話しかけようと思えたんだ。彼女達だから友達になりたいと思っているんだ。

「絶対アリリアナさんは返信してくれるわ」

多分仕事で帰りが遅くなっているだけ。それか、魔法文字を確認するのは寝る前と決めているのかもしれない。それか……そう！　私に渡した共振石のボードが突然壊れることもある。だから返信できないんだわ。

「よし。念のために手紙も書いておこう」

これなら絶対届く。メモで住所も教えてもらったから早速明日出してこよう。……明日？　今日魔法文字を送ったばかりなのに明日出すのは早いかな？　内容が重複したら、迷惑じゃないかしら？　少し返信が遅れただけでしつこく連絡してくる面倒な奴って思われない？

「って、ああ、もう！　だからアリリアナさんはそんな人じゃないんだってば」

つい悪いほうに考えてしまう、そんなけしからん自分の頭を私は掻きむしる。

はぁ、あの文字が動いてくれたらこんなに悩まなくていいのに。あの文字……が？

「嘘っ!?　動いてる？　嘘!?　嘘!?　きゃぁあああああ!!　オオルバさん!!　オオルバさぁああん!!」

「どうしたんだい!?　大丈夫かい、嬢ちゃん」

部屋にオオルバさんが飛び込んできた。

あっ、まだお店にいたんだ。

そう思いつつも、私はボードの横の壁をバンバンと叩く。

「見てください！　これ！　これ！　友達からの初魔法文字です‼」

「何だって⁉　……ん？　えっ⁉　そ、それだけかい？」

「そうです！　どうですか？　凄くないですか？」

この感動を共有したいのに、今一つオオルバさんに伝わった感じがしない。オオルバさんはやけに深い溜息を一つついた。

「温かいミルクでも入れるから、友達に返信したら下りておいで。そんでこのババアに嬢ちゃんの友達について聞かせておくれ」

そう言って一階に下りていくオオルバさん。

私はこの日、夜が明けるまでオオルバさんとお喋りをした。


『返信おくれてごめーん！　それと早速連絡くれてありがとね。アリリアナです。いや〜。今日に限って冒険者御一行様が大量にやってきて参ったぜい！　この近くでドロドロが大量発生したみたいだよ。ドロシーさんも街の外に出かける時は気をつけるんだぞ☆　本当はメルルとセンカの都合聞いてから連絡しようと思ってたんだけど、センカに連絡つかなくて参っちゃいます（涙）。ギリギリまで待ったけど、多分今日は返事こなさそうな感じ。そんなわけで正確な日にちはまた今度連絡するぞい。それではドロシーさん、よい夢を。あっ、もしも起きてから見たんなら、おはよう、今日も一日頑張ろうぜい☆』

『まだ起きてたよ。お話は分かりました。急がないのでお茶会の日取りはゆっくりと決めてください。お休みなさい。アリリアナさんもよい夢を』

窓から入ってくる朝日がボードの上の文字を照らしている。私、もうどれだけこうしてるっけ？

夜通しオオルバさんと話してすっごく眠たいはずなのに、部屋に戻ってからずっと床で膝を抱えてボードを見上げている。でも全然、やめる気にならない。

「……嘘みたい」

私が、この私が、普通に友達と連絡を取り合えている。……友達？　友達って言っていいのかな？　いいよね。だってこの文章。もしも私が他の人の部屋でこれを見たらどう思う？　友達との魔法文字、いいなって思うに決まってる。それが私の部屋にある。つまり友達ができたんだ！

「きゃあああ!!」

ベッドに飛び込んでジタバタと意味もなく暴れる。何で？　分かんない。でも暴れずにはいられなかった。

「ハァハァ……お茶会、楽しみだな」

そうして横になると、一気に眠気が襲ってくる。

――コン、コン、コン。

「嬢ちゃん。起きてるかい？」

「はい？　は、はい。起きてます！　起きてますよ？」

オオルバさんの声に体を起こす。あれ？　私寝てた？　時間は……わっ、もうこんな時間？

私ったら一日をほとんど寝て過ごしちゃった。ううっ、すっごく損した気分。

私は慌ててベッドから飛び下りる。

「い、今開けます」

「どうしたんだい？　そんなに血相変えて」

「い、いいえ。それよりもどうしました？」

「いやね。今日この後、客が来る予定なんだけど、私は明日の上客に売る魔法具のチェックをしておきたいんだよ。よかったら嬢ちゃん接客してみるかい？」

「え？　でもまだ私全然……」

口頭で軽い説明を受けただけで、お店にどんな魔法具があるのか、表に出てるのなら分かるけど、裏にある高価な品物は分からない。どういったものなら仕入れられるのか、予約の場合前金をもらうケースもあると聞いたものの、どんな商品に適応されるのか。言い出したらキリがないくらい知らないことが多い。

「今から来るのは古くからの馴染みでね。気のいい奴だから肩肘張らなくていいよ。分かんないことがあったら私のせいにして、その客に聞けばいいさね」

「え？　そんなので……」

いいのかな？　お父様が行くような貴族御用達のお店だと、ちょっとありえない対応だ。でも私はもう貴族じゃない。今まで私が勝手に壁を作っていただけで、案外平民のお店というのはそういうフレンドリーなものなのかもしれない。

「分かりました。やってみます」

「よし。それじゃあこれを渡しておくよ。うちの店にある在庫リストだ。場所も書いてあるから、これ見りゃ一発だよ。とは言っても分かんなかったら遠慮せず、私に聞きに来ていいからね」

「はい。ありがとうございます」

どれどれ？　……わっ、見やすい。これがあれば、在庫品の販売くらいなら問題なさそう。

「それじゃあ早速店に立ってもらおうかね」

「頑張ります」

部屋を出ようとしたところで、ふと壁に掛かったボードが目に入った。

「あっ、あのオオルバさん」

「ん？　何だい？」

「えっとですね。その……あの魔法文字って保存とかできませんかね？」

質問を口にした途端、自分の顔が火照る。魔法文字がそんなものじゃないって、勿論分かっている。でも、どうしてもあれはこのまま取っておきたい。

「新しいボードを買ってそっちを通信用に利用して、あのボードはそのままにしとくんじゃダメなのかい？」

「あっ⁉　……な、なるほど」

そんなわけで、私はもう一つボードを壁にかける。もちろん今度はちゃんと代金を払って購入した。オオルバさんに貰ったボードは、友達との初魔法文字記念として永久保存に決定だ。

こうして私は、生まれて初めて生涯大切にしていくであろう宝物を手に入れた。そんなウキウキとした気分のまま、学生時代何度となく通ったお店のカウンターに立ったのだけど——

「……緊張してきたかも」

お店がいつもより広く感じられる。お客さんが商品を棚から持ってきて、その商品に応じた値段を受け取るだけ。値段は商品に値札が貼られているし、オオルバさんに渡してもらった在庫リストでも確認できる。うん。簡単だ。後は……何かあったっけ？

「えっと。お客さんが入ってきたらいらっしゃいませ……よね？　あれ？　でもオオルバさんはそんな感じじゃなかったような……」

オオルバさんは「いらっしゃい」と言う時もあるけど、基本的には街で出会った友人に話しかけるようなフレンドリーな感じで接客する。挨拶(あいさつ)をすっ飛ばす時もままあった。つまり、それがこのお店の方針ということなのかな？　なら私も真似をして、フレンドリーな感じの接客を心がけるべきなの？　フレンドリー。つまりは友達に話しかける感じで——

「友達……友達かぁ〜。エヘヘ」

アリリアナさんとメルルさんとセンカさん、三人の顔が思い浮かぶ。お茶会が上手(うま)くいったら、次は四人で食べ歩きしてみたい。あっ、その前に三人の仕事について聞きたいかも。メルルさんは家の仕事を継いだのなら、治癒使いになったのかな。センカさんはこの間話した感じだと軍人さん？　アリリアナさんは魔法文字の内容から察するに旅館関係？　だとしたら……

「——せん。もし。そこのお嬢さん？」

「あ、はい？　何ですか……って、へっ⁉　お、お、お客様⁉　い、いらっしゃいませ！　じゃなかった。すみません、ぼうっとして」

　というか……えっ⁉　この人、どこから入ってきたの？　確かにちょっと考え事をしていたとはいえ、誰もいない店内に誰かが入ってきたら、いくら何でも気付くよね？

「お気になさらず、誠実なるお嬢さん。昔から影のようだとよく言われますので」

「そ、そうですか」

　そういう割にはすっごく大きな人だ。多分二メートルを超えていると思う。肩幅も広いし、これで影のようと言われても……本当、どうして気付けなかったんだろう？

「えっと、それでお客様、本日はどのような商品をお求めですか？」

　お願いだから分かりやすい商品を注文してください。初仕事なんです。知る人ぞ知る、みたいな商品の名前は出さないでください。

　そんな内面を出すのが拙(まず)いことくらい、接客初心者の私にも分かる。必死になって笑顔をキープした。……ゆ、油断すると頬が引きつりそうだわ。笑顔って維持するのがこんなにも難しいのね。

　お客さんはそんな私をジッと見つめて、ようやく口を開く。

「そうですね。ユニコーンの角(つの)を十本ほどお願いします」

　あ、よかった。私でも知っているやつだ。オオルバさんに貰(もら)ったリストを見れば、どこにあるかもすぐに分かるだろう。バレないようにホッと息を吐く。

「畏(かしこ)まりました。少々お待ちくだ……ん？　………えっ⁉　ユ、ユニコーンの角(つの)……ですか？」

「そうですが。どうかしましたか？　誠実なるお嬢さん」

「い、いえいえいえいえ!!　な、何でもありません。その、しょ、少々お待ちください。今、お持ちしますので。ユニコーンの角を、ユ、ユニコーンの角を!?」

「ええ。待っていますよ。それと誠実なるお嬢さん」

「あひ!?　な、何でしょうか？　お、お客様」

「右手と右足が一緒に出ていますよ」

「こ、これは、その、す、す、すひません」

「いえいえ、お気になさらずに。それでは待ってますので」

「は、はい。すぐ戻ってきます」

　お客さんの視線から逃げるように、私は店の奥に飛び込む。

「嘘？　嘘？　嘘!?　ど、どうしよう？　これ……えっ!?　ど、どうしよう」

　ユニコーンの角は、その名の通りユニコーンから取った角だ。問題はその効力で、あらゆる怪我や病を治すことができると伝えられ、体に埋め込めば何とびっくり不老不死になれるらしい（ただしこっちは乙女限定）。

　ただ、ユニコーンは神格種と呼ばれる種で、遥か昔に霊的な進化を遂げて私達がいる世界よりも一つ上の高次世界へ去っている。最後にユニコーンの角が人の歴史に登場したのは、今から二百年以上も昔の話だ。その時についた落札価格が、現在の紙幣価値に換算して三十六億ゴールド。それが十本!?　や、やばい。変な汗が出てきちゃった。

私はどこにユニコーンの角が置いてあるのかをリストで調べようとして——

「オ、オオルバさ～ん」

やっぱり怖くなり、オオルバさんに泣きついた。

「ん？　どうしたんだいドロシー嬢ちゃん。そんなに血相変えて」

作業部屋に飛び込んでオオルバさんの顔を見ると、安堵から思わず泣きそうになる。

「えっと。その、お、お客さんが来てですね。それでユニコーンの角を十本欲しいと言われたんです。……あ、ありますか？」

「ああ、そういうことかい。ふん、あいつめ。悪い癖が出たね。ドロシー嬢ちゃんのほうなら問題ないと思ったのに、相変わらず目敏いね」

「え？　オ、オオルバさん？」

予想とは全く違う反応だ。凄い上客が来ているのに、どうしてこんなに冷静なんだろう。

「話は分かったよ。すまないね嬢ちゃん。闇魔の石を数個買うくらいだろうと思ってたんだ。角は私が用意するから大丈夫だよ」

「や、闇魔の石って、大きさにもよりますけど最低でも三百万はしますよ……って、えっ!?　角、本当にあるんですか？」

「あるよ。ただ、これだけの品になるとつまらない輩を呼び込みかねないから、外では言わないでおくれ」

「それはもちろん言いませんけど、神格種の一部ですよ？　えっ？　す、凄すぎませんか？」

「言うほど大したものじゃないよ。嬢ちゃんが知らないだけで、ある所にはあるもんさ」

そういうものなのだろうか？　ちょっと信じられないものの、実際あるというのだから、やはりそういうものなのかもしれない。

「今から取りに行くけど、見るかい？」

「ぜ、是非」

私だって魔法使いの端くれだ。神格種の一部が見られるチャンスを逃す手はない。

「こっちだよ」

オオルバさんに続いて廊下に出る。それから少し歩いてドアを潜ると、また同じような廊下に出た。あれ？　このお店ってここまで広かったっけ？　不思議に思いつつ、オオルバさんに続いてまたドアを潜る。するとまた同じ廊下があって——うん。これ、絶対普通じゃない。

「魔法で空間を弄っているんですか？」

「そうだよ。決められた順序で進まなければ辿りつけないようにしてある。まぁ嬢ちゃんの場合は、リストを見ながら進めば迷うことはないから安心しな。ついたよ。この部屋だね」

今までと何も変わらないドア。でもそこを潜ると、廊下ではなく真っ白な小部屋に出た。

「あれが？」

「そう、ユニコーンの角だよ」

白一面の部屋には台座だけがあり、その上で淡く輝く銀色の角が山となっている。

「それで？　支払いはどうするんだい？」

「え？　あっ、す、すみません。聞いていませんでした」

そうか。これほど高価な品だ。支払いが現金とは限らない。というか、現金で支払う可能性はむしろ低い気がする。

「きゃあああああ!?」

「いつもと同じで頼みます、境界の橋渡し。つまりは物々交換ですね」

「すぐに聞いてきま――」

「驚かせてしまいましたね。申し訳ありません、誠実なるお嬢さん」

びっくりした。え？　ど、どうしてお客さんがここに？

「い、いえ。お、お気になさらず」

何と応えていいか分からずに、私は曖昧に笑った。

「いい大人が若い子を驚かせて遊ぶんじゃないよ、まったく」

「すみません。彼女のような子は久しぶりに見たもので、つい」

「ふん。やっぱり分かるもんなんだね。まぁこれも時代の流れさね」

「もう一人いるとお聞きしましたが？」

「焦んなくてもアンタならその内出会うだろうさ。でもね、それはこっちには関係のない話だよ。巻き込む気ならいくらアンタでも承知しないよ」

「なるほど、全て噂通りということですか」

「そういうことさね。ほら、さっさと払うもん払っておくれ」

「貴方は相変わらずですね、境界の橋渡し」

お客さんが何かをオオルバさんに手渡した。

「まいど」

「それでは貰っていきます。ああ、それと誠実なるお嬢さんに、これをお渡ししましょう。驚かせたお詫びです」

「え？　あの、これは？」

貰ったのは黒い石だ。

「それに魔力を込めて念じれば、一度だけどんな場所にも行くことができます。行ったことがない場所でもね」

「え？　す、凄い」

長距離の空間跳躍など、世界でも使える人は十人といない大魔法だ。

「ただし使えるのは一度だけです。その意味は分かりますね、誠実なるお嬢さん」

「片道切符ということですよね」

それでも十分凄い。凄すぎてこんなの貰えない。

「あの──」

「シー。いいから、受け取っておきなさい。困難を打破するには備えが必要です。選択肢を安易に放棄するものではありませんよ」

「は、はぁ？」

どうしよう。お客さんが何を言いたいのか分からない。

「アンタ、どういうつもりだい？」

「なぁに。ただの気まぐれですよ。私はね、境界の橋渡し。君達のことが割と好きなのです。だからこれはただの気まぐれ。それだけの話ですよ。それだけの——」

「……へ？　え⁉　き、消えた⁉　オオルバさん。今の人消えましたよ？」

「見りゃわかるよ。ほら、もうここに用はない。表に戻るよ」

何てあっさりとした対応。いや、私が初めて見るだけで、オオルバさんにしたら珍しいことじゃないのか。

私はオオルバさんに続いて部屋を出る。最後に振り返って台座の上を見ると、ユニコーンの角が明らかに減っていた。

「それで？　初仕事を終えた感想はどうだい？」

「……叫んでいた記憶しかありません」

キツネにつままれたような時間だった。

「ま、私の予想が外れたのが原因だし、あんまり気にすることはないよ」

「……はい」

オオルバさんはそう言ってくれたけど、今振り返ると無駄にテンパっていた気がする。そもそもカウンターに立った時からちょっと浮わついていた。ユニコーンの角は確かに驚いたものの、あそこまで取り乱す必要はなかったはずだ。……私、接客に向いてないのかな？

「ほらほら、そんな顔するんじゃないよ。今回はちょっと色々運が悪かっただけ、嬢ちゃんなら接客くらい簡単にこなせるようになるよ」

「本当にそう思いますか？」

「思うよ。なぁに分からないことは学べばいいのさ。得意なんだろ？　勉強」

「それは……はい。得意です」

アリアには敵わないけど。ううん。もうそんなこと関係ない。とりあえず部屋に戻ったら在庫リストに目を通そう。私はそう決意した。


「——し、神格種の商品がこんなに一杯。……ここってひょっとして凄いお店なんじゃあ」

昨日に引き続き在庫リストに目を通す。伝説級の商品がこれでもかってくらいに書かれていた。

このお店って品揃えの割にはいつも閑古鳥が鳴いているなと思っていたけれど、そもそも大衆向けのお店じゃないのかも。

「でも貴族御用達というわけでもないし……不思議なお店」

そこでリストを机に置く。

ちょっと休憩。最初は一時間もあれば目を通せると思っていたのに、読んでも読んでもまるで文字が湧いて出てくるかのようでキリがない。多分、このリストには魔法が複数掛かっている。

「これは長期戦になりそうね」

でも、こういうのは得意分野だ。試験勉強では、意識が飛ぶまで休憩なしで教科書を読み続けたこともある。本来なら休憩だってまだまだ必要ない。だけど、集中しきれない理由があった。

「……何で連絡来ないんだろう」

あれ以降、アリリアナさんから全然連絡が来ない。

昨日は不思議なお客さんと、このお店の思いもよらぬ顔に驚いてあまり気にならなかったけど、一夜明けると俄然気になって、正直勉強どころではなかった。

「ひょっとして……私が送った魔法文字に何か問題が？」

壁に掛かった宝物を見てみる。アリリアナさんの文字の後に、『まだ起きてたよ。お話は分かりました。急がないのでお茶会の日取りはゆっくりと決めてください。お休みなさい。アリリアナさんもよい夢を』と、私の文字がある。

「まさか……この『急がない』の部分がよくなかったのかな？」

忙しそうなアリリアナさんを気遣ったつもりだったが、もしかしたら私がお茶会にそれほど乗り気じゃないとの誤解を与えたのかもしれない。

あれ？　ドロシーさんひょっとしてあまり乗り気じゃない感じ？　なら忙しいし、お茶会はまた今度でいいか。とか思われた挙げ句、結局その今度が永遠にやってこないんだ。

「あ、あり得そう。ううん。それしかないわ」

頭を抱える。よく見ると、『ゆっくり』という言葉まで使っている。やっぱり誤解されたんだ。

急いで誤解を解かなきゃ。

私は新しく買ったボードの前へ立った。

「えっと、何て送ろうかな。急かすような文章は駄目だよね。目的は私が楽しみにしているのを伝えることだから、お茶会、サイコー！　とか？」

　何かが違う。

「……………そうだ！　こういう時こそ本の力だ」

　書店で魔法文字について書かれたと思わしきタイトルの本を見かけたことがある。魔法文字についての本があるなら、友達との会話で気をつけたほうがいい表現とか、挨拶の定型文とかについて書かれた本だってあるはずだ。だって私なら絶対買うし。

「よし、買いに行こう」

　そう決めた私がボードの前から移動しようとした、その時。ドロリ、と白いボードに張り付いた赤い球体が溶ける。

「来た？　来たぁあああ……って、いけない。いけない」

　またオオルバさんを驚かせてしまう。気を付けなくっちゃ。

「ああ、でも……ふふ」

　また連絡を貰えて凄く嬉しいな。昨日連絡を貰えなかったのはちょっぴり悲しいけど、皆働いているし、きっと忙しいんだよね。私だって少しお店に出ただけで、魔法文字のことがしばらく頭に浮かばないほど大変だった。ただお茶会にとても乗り気だってことだけは、この魔法文字の返信でちゃんと伝えておこう。

　あっ、魔法色の移動が終わる。

「何なに？」

私は出来上がった文字に目を通す。

『ドロシーさん。メルルです。突然ごめんなさい。この連絡先はアリリアナちゃんに聞きました。質問なのですが、ドロシーさんは医療魔法第二種か三種の資格をお持ちでしょうか？　もしも持っているのなら私の父が経営している病院に来て、火傷（やけど）やすり傷といった軽度の患者さんを診（み）てはもらえないでしょうか？　昨日、危険指定Aの魔物が出て、返り討ちにあった兵士さんや冒険者さん達が病院に押し寄せています。さらに間の悪いことに近くで別の魔物が大量発生したようで、うちはパンク寸前です。急にこんなこと頼んで本当にごめんなさい。もしも来てくれるなら、ウチの家紋入りの腕章をつけた人に話しかけてください。後はその人がやってほしい仕事を伝えてくれます』

「なるほど。うん………えっ!?」

友達からの二度目の連絡は、何か思っていたのと違った。

第六章　ルネラード病院

人類貢献機構『ギルド』。魔物という強力な外敵がいるにもかかわらず、人は人同士で争うことを止められない。だからこそ人々は求めた。国という枠組みに囚われない、人類守護を目的とした組織を。

ギルドは各国から依頼を受けて、魔物退治を含めた様々な仕事を国というしがらみ抜きで行うことができる。ただし、決して国同士の争いに関与してはならない。

ギルドに所属する人達が冒険者と呼ばれるのもこれが原因だ。国民であって国民にあらず。そんな冒険者が各国へ自由に出入りできるのは、ギルドの発行する身分証明魔法がかけられたギルドカードの性能故だ。決して偽装のできないそれを用いて、ギルドは近年とあることを試みる。

それが資格制度。魔法使いといってもその力量は様々で、大した魔力もないのに治癒使いを名乗るヤブ医者もいる。魔法使い同士なら魔法を見ることで相手の力量が分かるものの、魔法に縁のない一般人にそれは難しい。

力がないのに力があるように振る舞う悪質な者達からの被害を少しでも減らそうとしたこの試みは大成功を収めて、今では資格がないと医療行為を許さない病院も増えてきた。

そして私は学生時代、この資格を取りまくっている。そりゃもう目についたものを片っ端から取った。何故なら、アリアが資格に興味を示さなかったからだ。

別に資格を多く取ったからといってアリアより優秀になれるわけじゃない。それは分かってる。でも、アリアにないものを持っているという事実、それ自体がどうしようもなく嬉しかったのだ。いつもは私を落ちこぼれ扱いするお父様が、誰よりも資格を取る私を見てドロテア家の者ならそれくらい当然といった顔を見せてくれたのも大きかった。

だから私は学校の勉強とは別に、様々な資格試験を受け続けた。そして、これなら今からアリアが資格に興味を持ってもすぐには追い越されないという数を保有した時だ、あの天才が動いたのは。

何と彼女は新魔法を開発して、それによるギルドの特権を獲得してしまった。

資格は一つの分野について、通常第一種から第五種まである。つまり医療なら医療第一種から第五種といった感じだ。そして資格には必ず第0種と呼ばれる、これを取ったら他の五つを取ったのと同じですよという資格が存在する。ただし、この第0種の試験を受けられるのは、五つある資格の内、三つ以上を保有する者だけ。

アリアは新魔法の開発という功績をもって、それを免除された。そして医療、生活、物質操作など様々な資格の第0種に一発合格。私が何年もかけた成果をほんの数回の試験で簡単に上回った。

思えばあの時だ。私が心を折られたのは。僅かに残っていたアリアへの対抗心は完全に消え去って、この妹には絶対に勝てないのだと悟る。落ち込む私を見て、父は言った。

「やはりお前はアリアにはなれないな」

その言葉を、今でもたまに夢に見る。

「はぁ。へこむ。……って、それどころじゃないのよね」

医療資格を問われたことがきっかけで、ついトラウマがフラッシュバックした。慌てて、私はもう一度メルルさんからの魔法文字を確認する。

「住所が書いてない。知ってるけど、メルルさんらしくない……気がする。やっぱり相当大事になってるみたいね」

メルルさんの頼みとあらば否はない。医療資格の第一種、第二種と三種は持っているし、私としては今すぐにメルルさんのお手伝いに行きたい。けれど――

「……資格カード。屋敷にあるのよね」

会食の最中に家を飛び出したせいで、手元に資格カードがなかった。

「なくても大丈夫かな？」

でもメルルさんの所は、そういうのがしっかりしてそうな気がする。

「どうしよう。……ああ、もう。私のばかばか。飛び出す気だったんならせめて資格カードくらい持ち出しなさいよね。……いや、待ってよ。案外この辺に入ってたりしないかしら？」

無駄だと分かっているのに、ついあの日買った短いスカートのポケットを探ってしまう。

「何て、そんな都合のいいことないよね」

人ってこうやって記憶を改竄していくものなのかな。

「はぁ。どうしよう……って、あれ？　……うそ!?　あった!?」

ビックリ、資格カードが出てきちゃった。

「え？　何で？」

あの時の私は、試験で倒れた後で朦朧としていた。それで自分でも気付かない内に必要なものを手に取っていた？　いや、でもドレスを処分した時にカードを見た記憶がない。

部屋の扉が開かれる。

「嬢ちゃん、今日のお昼、何か食べたいものはあるかい？」

「オ、オオルバさん⁉」

「何だい？　ノックはしたよ。返事はなかったけどね」

「ごめんなさい。考え事をしてました」

そこで私は無駄に時間を消費している自分に気が付いた。

「友達がピンチらしくて、ちょっと出かけてきます。だからお昼はいらないです」

「そうなのかい。気をつけて行ってくるんだよ」

そう言ってオオルバさんが肩をポンポンと叩いてくる。

「はい。行ってきます」

そうして私はオオルバ魔法店を飛び出した。

貴族でも平民でも分け隔てなく迎え入れる姿勢と貴族御用達の病院にも劣らぬ腕。メルルさんのご両親が経営する病院は街で評判で、怪我をしたらルネラード病院にという言葉を、友達のいない私ですら聞いたことがある。

そんな有名病院が今、戦場と化していた。

「当医院は満員です。軽症の方は教会かサベレージ病院への移動をお願いします。繰り返します。当医院は――」

「……どうしよう」

思っていた以上だ。病院は言葉通り満床のようで、外にテントがいくつも設置されている。その前にも長蛇(ちょうだ)の列。

地面に直接敷かれた敷物の上には、包帯を赤く染めた兵士達が数え切れないくらい寝ていた。

「くそ、あのバカ王子のせいで」

「初めから無謀だったんだよ」

「冒険者に任せておけば……」

「無能王子が」

そこかしこで聞こえてくる王子とは、ゲルド王子のことかしら？

何があったのか気にはなるけれど、ひとまずこれは――

「ズボンで来てよかった」

出かける前に一瞬だけ何を着ようか悩んだのだ。あの時の浮ついた気持ちで短いスカートでも穿(は)いてこようものなら完全に場違いだった。何でこいつ、怪我もしてないくせにこんな格好でこんな所にいるんだ、と白い目で見られたかもしれない。

その点、このズボンというのはいい。貴族の令嬢が穿(は)いているところを見たことはないが、街で平民の女の子が穿いているのを見かける度に機能的な服だと憧れていた。

「よし。じゃあまずは、誰か手の空いている人に話しかけなきゃ」

戦場のような殺伐とした空気に竦みそうになる体を奮い立たせる。せっかく友達が私を頼ってくれたんだし、何でもいいから力にならなくっちゃ。

「腕章をつけた人は……忙しそうね」

病院関係者は全員ただでさえ一杯一杯といった様子なのに、色んな人が絶え間なく声をかけるものだから、私の入り込める隙が全く見当たらない。

「だから治癒使いの数が足りてないんだよ。アンタよりも重症患者がたくさんいるんだから少しくらい我慢しろ！　ああっ!?　そんなこと知るか！　うちは職業で患者を選ばないんだよ。そんなお偉いさんなら他の病院を当たれよな」

突然の怒声に何事かと見ると、赤毛の少年が腕を血だらけにした人と言い争っていた。

腕章をつけているから、あの子もこの病院の関係者……だよね？

赤い髪の少年は渋々といった様子で患者さんの怪我を見る。

「止血は……してるな。あの列に並べ。そしたら治癒使いに見てもらえる」

「だ、だが指先の感覚がないんだ。全然動かせない。切ってから時間も経ってる。頼む。指は商売道具なんだ。金なら全財産支払ってもいい。治してくれ」

「……心配しなくともウチの治癒使いは優秀だ。ちゃんと治る」

少年の歯切れの悪さを怪我をした人は見逃さなかった。

「だが治らないケースもあるんだろ？　知ってるぞ」

「そういうのは長時間放置していた場合が殆どだ。一時間以内に治癒すれば神経や腱の復元は八割成功する。アンタのそれは伸筋腱か屈筋腱のどちらかが切れたんだろう。治らない可能性は低い」

「そんな保証がどこにある⁉　それに回復した後に動かせなくなることがたまにあると聞くぞ」

その怪我人の言葉は事実で、治癒魔法で回復させたにもかかわらず後日動かなくなるケースは存在する。その度に治癒魔法をかければ動くようになるが、それもいずれは効かなくなる。これは治癒魔法が再生を促すものであって、死んだと認識されたものの再生はできないからだとされていた。

つまり魔法をかけて一時的に動くようになるのは一種のバグで、長時間放置された怪我はその状態が正常と判断されて、時間経過と共に正しい形に戻っていくというわけだ。

単純にそういった現象が起こるのは、怪我を治した治癒使いの腕が悪い場合もあるけど、それを後で証明するのは困難だ。何にせよ、神経や腱などの治癒は早いほうがいいのは確かだった。

……どうしようかな。

この状況、すっごく悩む。私がここに来たのはあくまでも軽症の患者さんを見るためで、イメージしていたのは傷口の軽い消毒とか包帯巻くとか、そんな感じだ。

あの患者さんは？　多分だけど命に別状はない。でも軽症かと言われたら難しい。というか、全然軽症じゃないと思う。やっぱりここは専門の人に任せたほうが――

「お願いだ。仕事は俺の人生なんだ。それを取り上げないでくれ」

その言葉に、倒れるまで勉強していた過去が甦る。

アリアには勝てなくても、あれだけの努力を無駄だと今でも思いたくない。だけどあの患者さんは今まさにその努力が無駄になるかどうかの瀬戸際なんだ。少なくとも本人はそう思っている。

「う〜ん」

ああ、いけない。私はアリアみたいな天才じゃない。こんな冒険。でも、でも——

「あの、すみません」

話しかけちゃった。

途端、赤い髪の少年がギロリと私を睨む。

「誰だ、アンタ。何か用か？」

うう、ちょっと怖いかも。横から割って入った形だし、まずは謝ったほうがいいのかな？　あ、その前に質問に答えなきゃ。

「えっと、私はその、メルルさんの友達で、ここにはお手伝いに来ました」

「メルルの？　確かにヘルプが来るとは聞いたが、それはドロテア家の長女のはずだぞ」

「私！　それが私です！」

もうドロテア家の人間じゃないけど。けれど、ここでそんな説明しても仕方ないので黙っておく。

少年は何故かやけに疑わしそうな顔で私を見た。

「ドロテア家の長女は見たことあるが、アンタとは全然似てなかったぞ。化粧塗りたくった、ケバい女だった」

ひ、人の黒歴史を。仕方ないじゃない。あの時は隈を隠す目的で使っていたし、化粧の勉強をするくらいならその分魔法の勉強しなきゃって考えていたんだから。

「そのケバい女が私で間違いないです。だから――」

「おい！　君、君は魔法貴族ドロテアの人間なのか⁉」

「えっ⁉　え、ええ。でも家を出たので、もうただの平民ですけど」

「そんなことはどうでもいい。君ならこの傷を治せるか？」

「ちょっと失礼しますね」

傷口を確認してみる。一箇所かと思ったのに、短い間隔で複数切り口がある。どれも結構深く、多分腱が切れている。それでも、これなら――

「大丈夫ですね。治せる……と思います」

「おおっ⁉　そ、それじゃあ頼む。今すぐ！　金ならいくらでも払う」

「待て！　うちの敷居の中で医療行為をするなら先に――」

「黙れ！　邪魔をするな小僧！」

「ひゃ⁉」

患者さんの剣幕に思わず声が出る。なのに、怒鳴られた当の本人である少年はちっとも応えていない。

「アンタこそ黙れ。何度も言うが、その傷は今すぐに処置しなくても後遺症が残る可能性は低い。だが、この女が偽ドロテアでやぶもいいところだった場合、二度と動かなくなることもある。アンタも魔法使いの端くれなら分かるだろう。魔法が万能の杖（つえ）となり得るかは振るう者次第だと」

あっ、この患者さんも魔法使いなんだ。腕の傷は自分の魔法が原因……かな？　多分何かを削る作業を魔法でしている人だと思う。

その魔法使いの患者さんはよほど腕が大切みたいで、少年の言葉に冷静さを少し取り戻した。

「アンタ……ドロテアさん？　悪いが先に資格カードを見せてくれ。腱の治療なら第二種の資格を持ってないと、悪いがうちでの医療行為は認められない」

「うん。いいよ。私第一種も持ってるから」

「は？　アンタ、姉貴と同い年だろ？　第一種って貴族御用達の治癒使いと同じ……って、マジか？」

私の資格カードを見て大きく目を見開く少年。ちょっと怖い子かなと感じたものの、こうして見ると結構可愛い。というかお姉さんいるんだ。兄弟かぁ……うっ、ト、トラウマが。

「本物かどうか確認するぞ。……何だ？　どうかしたのか？」

「う、ううん。何でもないよ。どうぞ好きに確認して」

少年は自分が持っているカードと私のカードをくっつける。するとカードが緑色に輝いた。これはギルドの偽造防止魔法の一つで、ギルドカードはくっつけると共鳴して淡く輝くのだ。

もしもカードに手が加えられていたらギルドカードは赤く輝き、偽物ならそもそも光らない。

「驚いた。姉貴でもまだ第二種までしか持ってないのに。アンタ噂通りスゲー人なんだな。聞いたことあるぜ、ドロテア家の天才の話」

「ありがとう。でも貴方の言ってるのは、多分私のことじゃないよ」

ドロテアの名前を出すと毎回アリアと間違えられるのがちょっと嫌。相手に悪意がない時は、怒ることもできないし。

「？　何言ってるんだ。アンタが――」

「おい、君。君がドロテア家の人間だと分かったから、早く治してくれ」

「あっ、はい。それでは失礼しますね」

声をかけるまでは私にできるのかと凄く緊張したものの、傷口を見た瞬間、これなら治せそうという変な自信が湧いてくる。正直この程度の傷なら、第一種の試験のほうがよほど難しかった。

「癒しの風。安らぎの光。不浄を祓いて再び肉体に活力を。『ヒール』」

「お、おおっ⁉　動く⁉　動くぞ！　凄い、凄いな君。こんなに早くて正確なヒールは初めてだ」

「いえ、私なんか全然です」

アリアならこの程度の傷、多分詠唱もせずに瞬く間に治すだろう。魔法力の光だってこんなに無駄に漏らさない。それに比べて私は――

「はぁ」

「どうした？　疲れたのか？」

「ううん。これくらいじゃあ疲れないよ。ただ自分の非才さに打ちのめされてるだけ」

「は？　何言ってんだアンタ。横から見てたけどアンタはスゲーよ。俺だって毎日ヒールを練習してるのに、今みたいに早くて正確な治療ができた試しがない。どうしてそんなに自信がないのか知らないが、もう一回言ってやろうか？　アンタはスゲーよ」

「でもももヘチマもねぇ。つーか、そんなこと話してる暇はないからな。アンタの実力は分かった。即戦力だ。こっちに来てくれ。いや、来てください」

「う、うん。それじゃあ私はこれで。大丈夫だとは思いますが、違和感が出たらすぐに治癒使いに診てもらってくださいね」

私は患者さんに頭を下げると、赤い髪の少年について移動する。

「ありがとう！　本当にありがとう‼　このお礼はいつか必ずするからな！」

感激に大声を上げる元患者さんの言葉を背後に、大勢の患者さんがひしめくテントへ足を踏み入れた。

治療を開始してそろそろ三時間くらいが経つかな。

始めこそどうなるか不安だったけど、いざ治療を始めると悩む場面は少ない。気付けば昔からこの仕事をしていたんじゃないかと錯覚しそうなくらい上手くできていた。

それだけ順調に治療を行えたのは、間違いなく赤い髪の男の子のサポートがあったからだ。

男の子は私のところに来る患者さんの怪我の具合をあらかじめ診て、私に対処できると思った人だけを通してくれた。稀にちょっと私の手に余りそうな際どい患者さんも来たものの、この戦場のような状況の中、凄く上手に状況をコントロールしてくれたと思う。

「お疲れ。ようやく落ち着いたようだし、休んでくれていいぜ」

男の子がポーション入りのドリンクを手渡してくれた。物言いはきついところがあるけど、やっぱりいい子だ。

「ありがとう。すっごく助かったよ」

「はっ。そりゃこっちのセリフだよ。噂には聞いてたけどすげーんだな。普通こんだけの数をこなせば魔力切れを起こすのに、ドロテアさん、まだまだ余裕って感じだぜ」

噂、か。その単語を聞く度にアリアの顔がチラついて気持ちが暗くなる。私は慌てて会話を変えた。

「それよりもさ、一体、何があったの？　こんなに患者さんが出るなんて普通じゃないよね」

「聞いてなかったのか？」

「何を？」

「魔物の話」

「確か危険指定Aの魔物が出たんでしょ。それは怖いけど、それにしたって怪我人が出すぎじゃないかな？」

街中に魔物が現れたというのならともかく、ここまでの怪我人が出るのは尋常じゃないと思う。

「ああ、それな。何でも馬鹿王子が自分の手で魔物を倒そうと、大勢を連れてノコノコと森の中に入ったらしいぜ」

「え？　それってゲルド王子のことだよね」

「馬鹿王子といえば奴しかいないだろう」

「……ちなみに出た魔物って?」

「ベルウルグだってよ」

白い狼の末裔ベルウルグ。神格種フェンリルの遠縁とも言われるこの魔物は、狼の姿をした魔物にしては珍しく決して群れない。その代わり非常に高い戦闘能力を有しており、走る速度は雷を凌駕するとまで言われている。

だからベルウルグが現れた場合、戦う場所に注意しなくてはならない。それなのに数の長所が活かしにくい森の中に無策で入るなんて。

「それは何ていうか……」

「馬鹿だろ?」

「うん。まぁ、馬鹿……かな」

あまり人の悪口を言いたくないが、これぱかりは庇いようがない。いえ、庇いたいとも思わない。

「でも火傷を含めた他の患者さんは?」

「ああ。それはな——」

「ドロロだよ」

「わっ!? ア、アリリアナさん?」

突然現れたアリリアナさんに、私はびっくりする。え? さっきまでそこにいたのは治療を手伝ってくれていた補助士の人で——

「やっぱりドロシーさん気付いてなかった感じ?」

「アリリアナなら、さっきからずっと補助士としてドロテアさんを手伝ってたぞ」

「嘘⁉　本当に？」

「ふっふっふ。私は医療第三種を持ってるからね。たまに補助士としてこの病院を手伝っているのだよ。どう？　凄くない？」

「う、うん。凄いと思うよ」

「何言ってるんだよ。アリリアナよりもドロテアさんのほうが何倍もスゲーから」

「こら、レオ君。アリリアナさんでしょ？　あんまり口が悪いとお姉ちゃんに言いつけちゃうぞ」

「あ、姉貴は関係ないだろ」

赤い髪の男の子……レオ君っていうんだ。忙しくて全然名前を聞く暇がなかったな。

アリリアナさんは彼と仲がいいのか、レオ君の髪をクシャクシャと撫で回している。それを見て、閃いた。

「もしかしてレオ君のお姉さんって……」

「あれ？　ドロシーさん知らなかったの？　レオ君はメルルの弟だよ」

「メルルさんの⁉」

びっくり。でも、……なるほど。言われてみれば似てないこともない、かな？

メルルさんはウェーブのかかった桃色の髪で、レオ君の髪は炎のように真っ赤。あの桃色をもう少し濃くするか、レオ君の赤をもうちょっと薄くすれば同じ色になりそう。

「何見てるんだよ？」

「あっ、ご、ごめん。それよりもアリリアナさん。ドロロって確か魔法文字に書いてあった？」

「そう。ドロドロのことね。ドロロってさ、体が原油にかなり近いじゃん？　だから、ぶっちゃけ売れるんだよね。冒険者に限らず、色んな人が狙ってるの。で、中には冒険者の人が倒したものをこっそり取れればと考える人もいる感じなわけよ。でも今回ドロロが大量発生したのは炭鉱。当然ドロロ対策に明かりは最小限にしてるじゃん？　ということは暗いじゃん？　そこに大した知識もない人が行くと、はい、ドロシーさん。どうすると思いますか？」

「え？　まさか火をつけたの？」

「そう。で、ドカーン！　最悪なのは、炭鉱掘りの人達がドロロの死体を集めるのを手伝ってて、炭鉱が崩れる事故に大勢が巻き込まちゃったこと」

「すげーよな。馬鹿の相乗効果だ」

レオ君の素直な感想に、私は頷（うなず）くことも笑うこともできなかった。

「何はともあれ、お疲れ様。見てたけど、ドロシーさん凄（すご）く格好良かったよ」

「そ、そんなこと……」

「ううん。マジだって。そうだ。今からメルルとセンカのところに行かない？」

「え？　センカさんもここにいるの？」

「いるよ～。兵士は医療第三種を取る人が多いからね。センカは私と一緒に学生時代、ここでよくアルバイトしていた感じ」

「そうなんだ。それは……いいね」

アリリアナさんの何気のない言葉を聞いて、三人が昔からの付き合いなんだと改めて実感する。

いいなぁ。友達との思い出。ううん。私だって今からでも遅くない……はず。

「じゃあ、二人に会いに行こ？」

「オッケー！　じゃあ――」

「よせ！　やめろ!!」

その時、テントの外から聞こえてきた声。それは今まさに会いに行こうとしていたセンカさんのものだった。

第七章　リトルデビル

「センカさん!?」

「お、おい、待て！」

友達の尋常(じんじょう)ではない声にいても立ってもいられずに、私はテントを飛び出した。

「な、何なの!?　これは？」

急患の出入りも終わり、ようやく落ち着き始めていた病院の広場。そこが再び地獄と化していた。

敷物に横たわっていたはずの患者さん達が必死に何かから逃(に)げ惑(まど)ってる。

でも……一体、何から？　魔物がいるわけでもないし、武器を持った誰かが暴れ回ってもいない。

「そこの嬢ちゃん、外に出るな！　リトルデビルだ。寄生されるぞ」

そう、声が上がる。全身の血が一気に引いた。

え？　聞き間違いだよね？　今、リトルデビルって言わなかった？

危険指定S。それは単体で国を滅ぼし得る力を秘めた生物。どうしてそんな魔物がいきなりこんな所に？

訳が分からず立ち尽くす。

「暴れるんじゃない。落ち着け！　落ち着くんだ!!」

黒髪ポニーテールの女兵士さんが、体中を掻きむしる男の人を取り押さえた。あれって――

「センカさん!?」

女兵士さん――センカさんが顔を上げる。その途端、彼女に取り押さえられている男性の体が急速に膨れ上がった。

ゾクリ、と肌が粟立つ。この現象、本で読んだことがある。

「逃げて！　センカさん！」

弾け飛ぶ男の体。その中から出てくるのは、頭部に二本の角を生やした小さな人型の魔物だ。宿主を失ったそれは、咄嗟に離れたセンカさんを次の宿にしようと、血の雨と共に降り注ぐ。

勿論、そんなことは私が許さない。

「嵐よ！　雷よ！　刹那に打ち勝つ力を我に。『瞬雷』」

雷を纏って風よりも速くセンカさんのもとに辿りつく。そのまま彼女を腕に抱いて、リドルデビルの寄生攻撃を回避した。

「ドロシー!?」

「話は後、一匹でも逃しちゃダメ」

「承知」

センカさんが、目にも止まらぬ斬り下ろしで、数匹のリトルデビルを真っ二つにする。斬られたリトルデビルは、霧のように消滅していった。

伝承通り、リトルデビルの一匹一匹の戦闘能力は高くないみたい。でも、この魔物が厄介なのは生物の体内に寄生して爆発的に増殖するという性質だ。

かつて人類がこの魔物への対抗策を何も持ち得なかった時代、人類を滅亡の寸前まで追い詰めたという話を、男の人から出てきたリトルデビルを見て納得してしまった。

絶対にこれ以上増殖させてはいけない。何とかここで止めないと。

「風よ敵を斬り裂け！『風刃』」

私は魔法の力でセンカさんと一緒にリトルデビルを倒す。けど……ダメだ。小さくて狙いが定めにくい上に、この数。私達が倒すよりも早く、あちらこちらで患者さんが寄生されていっている。

もう、何なのよ。どうしてこんなことに⁉

酷（ひど）く焦（あせ）る。駄目だ。もっと魔法に集中しないと。

「ちょ⁉　何だよ、これ？」

「レオ君⁉　出てきちゃダメ！」

テントから出てきたレオ君に、リトルデビルが襲いかかる。

「くっ、間に合って！」

私が魔法を発動させるよりも先に――

「必殺のぉ～、踵落（かかとお）とし‼」

アリリアナさんがリトルデビルを地面ごと足で踏み砕いた。

「うわぁ。何これ？　生理的にうわぁ、って感じなんだけど。いや、ほんと、マジで」

「アリリアナさん。それ、リトルデビル！　レオ君をお願い」

「うっそっ!? 激ヤバじゃん。了解。レオ君こっち」

よし。レオ君はアリリアナさんに任せておけばいい。

「まずいぞドロシー。どんどん寄生されていく。このままだと全滅だ」

冒険者や兵士が多いだけあって、患者さん達も奮闘はしてる。でもやっぱり怪我人が多くて、次々に体内に侵入を許していた。

「くそぉ！ 入られた！ クソ！」

「だれかぁ！ 助けてくれ！ お、お願いだ！ 誰かぁぁああ!!」

「うぁあああ!! 嫌だ！ 嫌だ！ 死にたくない！ 死にたくない！」

せっかくメルルさん達と頑張って治した皆が……。そもそもこいつらがいなければ、今頃皆で大変だったけど頑張ったね、という感じの話をしてるはずだったのに。こんなの、こんなの……

「許せない」

躊躇(ちゅうちょ)がないと言えば嘘になる。でもやる。できるはずだ。私なら。……多分。ううん。絶対。

私はありったけの魔力を右手に総動員する。

「光よ！ 始まりの輝きよ！ 闇を払って道を示せ！ 『破邪光(はじゃこう)』」

私の放った光が、人体に寄生しているリトルデビルだけを焼き払った。

「光魔法!? ドロシー、君は聖女なのか？」

勿論(もちろん)、違う。そうだったらどんなにいいことか。

私の近くにいるセンカさんがすぐに気付いたようだ。私の右手から上がる煙に。

「まさかドロシー。聖女じゃないのに無理やり光魔法を使ったのか？」

そうです。だからとても痛いです。

光魔法はあらゆる魔を焼く最強の魔法。その力は原罪を持つ人類にも有効で、生まれつき原罪のない聖者以外が使えば、自分自身すらも焼く、まさに諸刃の剣。

自分の腕をチラリと見てみる。

いや～!? すっごい焦げてる。一回でこんなになるの？ ダメだ。怪我を見てたら挫けそう。

リトルデビルはどうやら私を脅威と認識したらしく、寄生状態の人とまだ寄生前のリトルデビルの両方が、私に襲いかかってくる。

痛い、怖い、逃げたいの三拍子。

でも、ここで逃げてメルルさん達に何かあったら、私は一生後悔する。だから――

「アンタ達を倒して、絶対四人でお茶会をするんだ」

私は再び光魔法を放った。右手に走る激痛に一瞬意識が飛びかける。

「人に寄生している奴以外は任せろ！ ドロシーは寄生された人達を助けてあげてくれ」

センカさんの声に、遠のきかけた意識がハッとなった。

「う、うん。分かった。『破邪光』」

光を放って、人の中に巣食う卑劣な悪魔達を焼く。

「風剣三式・『円風斬』」

こちらに向かってくるリトルデビルは、真空の刃を放つ斬撃でセンカさんが一掃してくれた。

格好良い。それに友達と肩を並べて戦うなんて空想絵巻のワンシーンみたいだ。流石に状況が状況だから喜ぶことはできないけど、もうちょっと頑張ってみよう。そんな気力が湧いてくる。家では主役にはなれなかった私なのに、今だけは友達と肩を並べて戦う絵巻の中のヒロインみたいだ。

……右手はめちゃくちゃ痛い。でも、でも――

「負けない！『破邪光』『破邪光』『破邪光』『破邪光』『破邪光』は、いっ……ったくないわよ。『破邪光』『破邪光』ハァハァ……は、はじゃ……ぐっ⁉　う、ううっ⁉」

「ドロシー⁉　っち、離れろ下郎！　火剣三式・『炎陣斬』」

センカさんの剣から放たれる炎がリトルデビルを焼き払ってくれる。私はあんまりな激痛にちょっと動けそうにない。

「大丈夫か？」

「ご、ごめん。センカさん」

「謝るな。それよりももう光魔法を使うのをやめろ。腕の状態、分かっているのか？」

「大丈夫。私これでも医療の第一種持ってるんだから。自分の怪我くらい自分で診断できるよ」

嘘です。途中から怖くなって右手を視界に入れるのをやめました。腕の感覚がまだあるのが幸いとはいえ、これって治るかな？　治っても綺麗に傷を消せるかな？

治癒使いとしての知識があまりよろしくない答えを弾き出そうとしたので、怪我について考えるのをやめる。

「だが、このままだとお前……くっ⁉」

リトルデビル達はデビルというだけあって凄く意地悪だ。全然休ませてくれない。まだまだ襲いかかってくる。しかも、センカさんでは対処できない寄生された人達が。

「センカさん下がって」

「だが――」

「彼の者に戒めを与えよ。『ロック』」

「「え？」」

突然横から出てきた男の人が、魔法で寄生された人を縛る。冒険者さんかな？　ありがたいけど、でもその対応だと患者さんを食い破ってリトルデビルが出てくるんじゃあ……

「旅路を行く者達に時の猶予を。『スロウ』」

「スロウ!?　リトルデビルに効くんですか？」

脳が体に送る信号の伝達速度を遅くする魔法だ。それがリトルデビルに聞くなんて伝承、読んだことはない。

「ああ。何人かで試してみたが効果はある。少しだが、出てくるまでの時間を伸ばせた」

「試したって、まさかこの短い時間に？」

「冒険者だからな」

凄い。私は試す以前に、思い付きもしなかった。どうしてスロウが効くと思ったのか意味不明だ。直感？　こういうところが私とアリアとの差なのかな？　って、今はアリア関係ないでしょ、私。

「では、そのままどんどん拘束しちゃってください。限界に達した人は私が光魔法で治療します」

「光魔法!?　まさか聖女……おいおい。その腕、アンタまさか……」

「大丈夫です。やれます」

「ったく。無茶な嬢ちゃんだ。おい、お前ら——」

冒険者さんは仲間と思しき人達と阿吽の呼吸で寄生された人達を拘束していく。

「すまない。私に光魔法が使えたら。今少し試してみたが、まるで使える気がしない」

「仕方ないよ。本来は聖人以外使えないものだから。私は以前本格的に調べたことがあって、何とか使えているだけ」

普通の魔法でアリアに勝てないのなら、光魔法を使ってみたらどうだろうか。

妹に負け続けて自棄になりかけていた私は、ふとそんなことを思い付いて光魔法について研究したのだ。だけど一回使ってみて、そのあまりの痛みに結局断念した。

そんな過去の自分のちょっと痛い行動を思い出していると、センカさんが何やら私をジッと見ていることに気が付く。

「な、何？」

「やはりお前は天才だな」

「違う！　あっ、ご、ごめん。ただ天才って言葉は嫌いで、その……」

ああ、どうしよう。突然怒鳴る変な奴って思われたかな？　絶対思われたよね、面倒臭い奴って。

そんな場合じゃないのに、センカさんがどう思っているのかがすっごく気になる。何だか腕の痛みが一気に酷くなった気がする。痛みや疲労がなければ声を荒らげなかったのに。泣きたい。凄く泣きたい気分だ。

「そうか……では言い直そう。ドロシー、お前は自慢の友人だ」

「えっ⁉　……ゆ、友人？」

「あ、いや、その……も、勿論お前がそう思ってくれていたらの話だが」

「思ってる！　すっごく思ってるよ‼　友人！　センカさんは私の友達だよ」

「そ、そうか」

センカさんの顔が赤い。多分私も。

「嬢ちゃん、すまん！　あいつは限界だ。頼む」

「あっ、は、はい。センカさん」

「ああ、行こう。護衛は任せろ。お前には決してリトルデビルを近付けさせない」

「うん。お願い」

気付けば痛みも疲労も吹っ飛んでいた。大丈夫だ。まだ私は戦える。まだ、もう少しだけ――

「光よ！　始まりの輝きよ！　闇を払って道を示せ！『破邪光』」

激痛。激痛。激痛。脳を焼くその信号に何度となく声を上げる。その度にセンカさんが私の名前を呼んでくれて、それだけが正気を保てる唯一の道標になった。

「ドロシーさん⁉　それにセンカちゃんも」

「ハァハァ……え？　メ、メルルさん？　えへへ。て、手伝いに来たよ」

こちらに駆け寄ってくるメルルさんに笑いかけ……てるつもりだけど、上手く笑えているかな？

全身にのしかかる疲労感に、もうそんなことも分からない。気付けばあれだけ酷かった痛みが嘘のように消えている。というか……感覚がない？

私の右腕を見たメルルさんの顔が一瞬で青くなった。

「その腕!? 待ってて。癒しの風。安らぎの光。不浄を祓いて再び肉体に活力を。『ヒール』。……ど、どう？」

「うん。だいぶよくなったよ。ありがとう」

やばい。ヒールが掛かってるのに感覚が戻ってこない。これってもしかして……ああ、駄目だ。これ以上考えたら戦えなくなっちゃう。

「ドロシーさん。この傷は……」

「大丈夫。大丈夫。全然平気。でも、もうちょっとヒールかけてくれると嬉しいかも」

「う、うん」

ああ、メルルさんが泣きそうな顔をしている。何とか慰めないと。でも、何て言おう。……駄目、魔法を使いすぎて頭が回らない。視界もぼやけてきた。

「二人に近付くんじゃない！ 火剣六式・『千火突き』」

センカさんが私達に近付いてきたリトルデビルを斬り裂いてくれる。

「メルル、どうしてここに？ いや、それよりもメデオ先生達は何をしているんだ？」

「本館は封鎖したわ。リトルデビルは勿論、もう誰も入れない。父さんとお母さんは結界の維持で動けないわ」

「外にいる人達を見捨てるというのか⁉　それでも……い、いや、すまない。適切な判断だ」

「ううん。それよりもセンカちゃん、レオはどこに？」

「レオなら――」

「ここだよぉ。ここ。ここ。ここな感じ」

「アリリアナちゃん？　それに……レオ！」

「姉貴⁉　どうしてここに。って、ドロテアさん？　その傷は？」

私達のところに駆け寄ってくるアリリアナさんとレオ君。よかった。二人とも無事だったんだ。

「姉貴、何してるんだよ⁉　早く治せよな」

「この傷……やっぱりただの傷じゃない。ドロシーさん？　これは何で負った傷な――」

「嬢ちゃん。あいつが限界だ。頼む！」

切羽詰まった声が冒険者さんから飛んでくる。それに私よりも先にセンカさんが反応した。

「待て！　ドロシーはもう――」

「ぐぎゃあああ⁉」

『ロック』の魔法で拘束されていた男の人の体が膨れ上がっていく。でも……まだだ。まだ今なら間に合う。右手が駄目なら左手だ。残りの魔力を左腕に集中するんだ。

「光よ！　始まりの輝きよ！　闇を払って道を示せ。『破邪光』」

私の放った光が兵士に巣食う悪魔を焼き尽くす。

「えっ⁉　ドロシーさんって聖女なの？　衝撃の事実なんだけど」

「そんな⁉　何て無茶を！」

アリリアナさんが目をまん丸にするその横で、メルルさんが目尻を吊り上げた。

そして――痛い！　痛すぎる。やばい。左腕だけじゃない。光魔法を使うこと自体に体が拒絶反応を起こし始めちゃっている。

「アリリアナちゃん、レオ、手伝って。三人でありったけのヒールをドロシーさんに。ドロシーさんはもう光魔法を使ってはダメ。原罪によるダメージの危険性、知ってるでしょう。二度と腕を動かせなくなるわよ」

いやぁああ‼　せっかく考えないようにしていたのに。でも、私、結構頑張ったよね？　これだけ頑張ったんだから、そろそろこの騒動も収まるんじゃないかしら？

そんな期待をこめてちょっと戦況を見回してみる。

「うぁああ。寄生された！　寄生された‼」

「くそ！　魔法使いはもっといないのか？　援軍は？　軍への連絡はどうなって、ぎゃあああ⁉」

「魔力がもうない。誰でもいい、ポーションを……グァアア⁉」

絶望がそこにあった。あれだけ頑張ったのに。体中メチャクチャ痛くても、歯を食いしばって頑張ったのに。状況はよくなるどころか悪化してる。

思い知らされる。

これが、危険指定S。単体で国を滅ぼす可能性を秘めた怪物なんだ。

勝てない？　私達は勝てないの？

考えてみれば、当たり前の話なのかもしれない。軍隊か英雄クラスの実力者でなければ対抗できない。それ故のS指定なのだから。

頑張って、頑張って、それでも届かないこの絶望感。覚えがある。かつては一度、この感覚に負けた。でも今は――

「ドロシーさん!? 動いちゃダメ。横になってて」

「姉貴の言う通りだ。アンタが凄いのは分かったから大人しくしてろって」

「そうだよドロシーさん。その怪我、マジやばだって」

「ドロシー! お前はよくやった。後は私に任せろ」

今は不思議とまったく負ける気がしなかった。いや、だからって勝てる気もしないけど、少なくとも最後まで抗ってやろうという強い気持ちが湧いてくる。……メチャクチャ痛くて怖くても、いや、だからこそこんな思い、せっかくできた友達にさせられない。

「ごめん三人とも。過剰回復とか気にしなくていいから、もっと全力で私にヒールをかけて」

「ドロシーさん? 何をするつもりなの?」

「私が扱える最大の光魔法で一気にリトルデビルを殲滅する。もうそれしか手はないよ」

正直言ってそれでも倒し切れる可能性は低い。けどこの状況、やらなきゃ本当に詰んでしまう。

「おい! バカなことはやめとけって。多分アンタが考えてるよりずっと体はダメージを負ってるぞ」

「そうだよ。マジのマジでゲキヤバな感じだからね。ドロシーさんは頑張ったから、後は他の人に任せとこうよ」

そう言ってくれるのは嬉しいけど、本当にこれしか手がない。

襲いかかってくるリトルデビルをセンカさんが撃退してくれる。でも寄生前のリトルデビルならともかく、寄生されて操られている人が相手だと明らかに動きが鈍かった。

「メルルさん。お願い。もう時間がないの」

センカさんが寄生されたら、アリアとのことなんて目じゃないくらいのトラウマが私に刻まれてしまう。そうなったらもう絶対立ち直れない自信がある。

「アリリアナちゃん。レオ。……ドロシーさんの言う通りにしよう」

「姉貴!?」

「メルル、それマジで言ってんの？」

「ドロシーさんの言う通り、もうそれしか手はないと思う。ドロシーさん、お願いできる？」

「うん。任せておいて。絶対に皆を守ってみせるよ」

何となくそんな気はしたけど、やっぱりこの中ではメルルさんが一番現実的だ。あと、気掛かりなのは……いや、でもこんなこと聞いている場合かな？　ああ、でもやっぱり聞いておきたい。

「あの、こんな時に何なんだけど、その、お願いと言うか、聞きたいことがあるんだけど……」

「何？　何でも言って」

「あの、私の見かけが酷くなっても友達でいてくれる……かな？」

ううっ、やっぱり場違いすぎたかな、この質問。でも聞いておかないと後悔する気がするのよね。

メルルさんはハッとした顔をすると、次に私の手を取った。

「ドロシーさんがどんな姿になっても、人を助けても助けられなくても、私達は死ぬまで友達だよ」

「私も！　私もズッ友の仲間だからね」

「……ありがとう」

友達ゼロ人だった私に、死ぬまで友達でいてくれる友達が三人もできちゃった。一人の時だって倒れるまで頑張れた。友達のできた今なら、もっと頑張れる自信がある。

よし、やるわよ。もう余計なことは考えるな。魔法に集中しろ、私。

「訪れろ始まりの光。世界の守護者よ。天空より舞い降りて遍く輝きで地上を照らせ！『天照』」

辺り一帯を光が満たす。星の輝きにも似たその光が悪魔達を焼いていく。そのついでに、私も焼いた。腕とかそんなレベルじゃなくて全身をだ。全身が焼け爛れていく。

「「癒しの風。安らぎの光。不浄を祓いて再び肉体に活力を！『ヒール』」」

メルルさん達がヒールをかけてくれる。けど、これって、地獄だ。生きながらに燃やされるってこんな感じなのかな？　ヒールをかけられているから終わりが見えない。正直、正気が保てなくなりそう。

「おいおい。何て無茶を。だが……全員で嬢ちゃんを援護しろ!!　苦しみを取り払い彼の者に安らぎを与えよ！『アウトペイン』」

『ロック』と『スロウ』の組み合わせを教えてくれた冒険者さんが、痛覚を遮断する魔法をかけてくれる。それに続いて他の冒険者さんや兵士さん達も私に様々な補助魔法を掛けてくれた。

「嬢ちゃん、すまん。すまん」

「ごめんなさい。でも、もう貴方だけが頼りなのよ」

「動いている悪魔共を決して嬢ちゃんに近付けさせるな」

友達が、そして冒険者と兵士の皆が、私に力を貸してくれる。誰もが必死だ。だから……腹を括れ私。死への恐怖を今だけでも忘れるんだ。

この魔法で決める。それしかないのよ。

だから私は全力を尽くした。誓って一切の出し惜しみはしていない。生存を度外視した全力全開の魔法。それは確かに多くのリトルデビルを焼き払い、寄生されていた大勢の人を救った。

なのに、やっぱり私には荷が重すぎたのかな？　唐突に終わりが訪れる。

「あっ……」と思った時には浮遊感に襲われていた。

「ドロシーさん!!」

メルルさんが私の体を抱き止めてくれる。それでも、浮遊感は止まらない。

落ちていくのだ。どうしようもない終わり――死に向かって。意識が暗闇に包まれていく。この闇に呑まれたらもう二度と光のある所には戻れないと、本能が告げていた。

ヤダヤダヤダ。こんなのってあんまりだわ。せっかく友達ができたのに。やりたいことが一杯あったのに。誰か、誰か助けて！　お願い！　誰か!!

「――大天使の慈悲をここに。『グランドヒール』」

途端、視界を覆っていた闇が祓われた。気が付くと、全身に掛かっていた魔法や肉体の痛みが嘘のように消えている。感覚のなかった右腕は――

「動く？　ってこれって？」

予感はあった。きっとそうだと。

そしてそれは当たっていた。

輝く銀髪が淡い光を放ちながら風に揺れている。誰もが彼女から目を離せない。私も、メルルさん達も、冒険者の人達も、悪魔でさえも。

この瞬間、きっと物語が変わった。

さっきまでは悪魔が無力な人間を襲う恐怖絵巻だ。でも新たな登場人物が舞台に上がったことで演目が切り替わる。人に仇なす邪悪を神に選ばれた者が討つ、英雄譚へと。

その英雄は周囲を見回した後、驚いたことに私のほうへやってきた。メチャクチャ意外な行動だ。

私はつい彼女の名を口にする。

「アリア！　ど、どうしてここに？　へっ!?　な、何よ？」

私の肩に触れてくるアリア。……まさかと思うけど労をねぎらってる？　この子が？

そう思ったが、彼女はすぐに手を離して何やら指を擦り合わせた。何あれ？　粉？

「……なるほど」

それだけ呟いてもう用はないとばかりに私に背中を向ける。……この妹は本当に何を考えているのか理解不能だ。

というか……凄(すご)く眠い。体は回復したのに。多分限界まで酷使した精神が休息を欲しているのだ。

安堵(あんど)したのも大きい。

……安堵(あんど)？　うん。した。悔しいけど。

悪魔達は何やらキーキー叫んでいるが、無駄だ。我が家の最終トラウマ製造機を舐(な)めるんじゃないわよ。過去に味わった様々な敗北感が今この瞬間、クルリと反転して、信頼に変わる。アリアは負けないという絶対の信頼へと。

薄れていく意識の中、一人無数の悪魔と向き合う妹の背中を見る。

遠い。私のほうがお姉ちゃんなのに。なのに何で貴方の背中はいつもそんなに――

「とおい……の」

そして私の意識に限界が訪れた。

第八章　戦いの後

誰かの話し声が聞こえて目が覚めた。

「うっ⁉　な、何これ？」

すっごい倦怠感。体が重くて肉体が脳の命令を実行するのが酷く遅い。まるで精神と肉体が分離しちゃったかのような感覚。

昨日何したんだっけ？　…………駄目だ。何も思い出せない。でも早く起きて勉強しないと。これ以上アリアに差をつけられたら、またお父様に言われちゃう。アリアを見習えって。だから――

「ドロシーさん！」

「へ？　わっ⁉」

な、何急に？　抱きつかれてる？　え？　どうして？　何なのこの人？

「よかった～。メッチャ心配したんだぞ。こいつめ、こいつめ。もう大好き。チュッ、チュッ」

「ひゃっ⁉」

頬擦りとキス。凄い！　凄いフレンドリーな人だ。こういうことが自然とできるこの人は、きっと友達とか一杯いるんだろうな。それに比べて私は。はぁ、憂鬱。……この人、私とも友達になってくれないかな？

「やめんか！」

「ふぎゃっ⁉　な、なんたるバイオレンス。もう！　私がこの髪をセットするのに朝の貴重な時間をどれだけつぎ込んでると思ってるの？」

「五分だろ」

「な、何で知ってんの？　ストーカー。ちょっとドロシーさん。この人ストーカーよ」

金髪ボブヘアーの人に肩を揺らされる。それにしても五分は凄い。私でももうちょっと時間をかけるのに。

「だから、やめんか」

黒髪ポニーテールの人が、もう一回過剰スキンシップな人の頭にチョップを落とした。

多分二人は付き合いの長い友人同士なんだろうな。だってすっごい仲良さそうだし。はぁ、羨ましい。私にもそういう相手できないかな。

「ん？　どうかしたのかドロシー」

「仲がいいんですね」

しまった。今のはちょっと嫌味っぽい言い方だったかも。違うんです。別に他意はないんです。ただちょっと羨ましいだけで。

「何言ってんのよ。私達だってもうマブダチじゃん」

ボブヘアーの人がまた抱きついてきて頰擦りしてくる。いや、それよりも……マブダチ⁉　って友達のことだよね？　え⁉　私とこの人が？　そういえば、この人達さっきから凄い親しげに私の名前を呼んでる気がする……えっ!?　何？　ど、どういうことなの？

「ドロシーさんが退院したらさ、さっそく四人で約束のお茶会をしない？」

「そうだな。いいんじゃないか。ドロシーはどうだ？」

「おちゃ……かい」

瞬間、脳裏に今までの記憶が一気に蘇（よみがえ）る。

「わぁあああ!?」

「ふぇっ!?　何？　何？　発作？　発作的な感じ？　メルル呼んできたほうがいい感じ？」

「どうした？　どこか痛むのか？」

「違うの。私、ただ、ただ……み、皆が無事で嬉しくて。……無事なんだよね!?　メルルさんは？　レオ君は？」

「落ち着け！　二人は無事だ。ドロシーが起きたことを知れば、すぐにでも顔を見せにくるだろう」

「よかった。……えっと、その、あ、あの後……そうだ！　あの後どうなったの？　ここは？」

アリリアナさんとセンカさんは互いの顔を一度見合わせた。

「ここはルネラード病院だ。お前は無茶な魔法のツケで五日ほど眠っていたんだ」

「五日!?　そんなに？」

「無理ないよ。だってドロシーさんすっごい頑張ってたし。ドロシーさんがいなければ私達マジ死んでたっしょ。というわけで本当にありがと～！　チュッ、チュッ」

「アリリアナの言う通り、今生きてられるのはドロシーのお陰だ。感謝する。この恩は必ず返す」

「そ、そんな大袈裟だよ。私はただ必死で……必死……で……」

瞬間、自分の魔法で体が焼けていく感覚と匂いを思い出した。

「うっ⁉」

強烈な吐き気に襲われて思わず口元を押さえる。

「あ、あれ？　ドロシーさん？」

ああ、ダメよ私。友達の前でそんな……が、我慢よ。我慢するのよ私。

でも抗えば抗うほど、脳は記憶をあさる。リトルデビルに食い破られた患者さん達の体。おぞましい小さな悪魔達の瞳。魔法を使う度に焼け爛れていく体。

……うん。無理だこれ。

「センカ！」

「承知！」

二人が阿吽の呼吸で私にエチケット袋を差し出してくれる。それに私は――

「オエェエエエ‼」

胃の中のものを残らず吐き出した。

「ドロシーさん！　起きたって聞いたけ……ど？」

この声はメルルさん？　布団を頭から被っているから顔は見えないけど間違いないわ。本当に無事だったんだ。よかった。

ホッと息を吐く。するとメルルさんの訝しげな声が頭上から聞こえてきた。

「センカちゃん、アリリアナちゃん、ドロシーさんはどうしちゃったの？」

「うむ。それが……何だ、うむ」

「いや〜。私は別に気にしなくていいって言ったんだよ？　派手な音の割には全然……その、ね？」

その……の次は何だろう？　凄く気になる。

「それってエチケット袋？　ドロシーさん、ひょっとして戻したの？」

恥ずかしいからあまり聞かないでほしい。いや、嘔吐は肉体の正常な反応なんだから、恥ずかしがる必要はないんだけどね。ないんだけど……は、恥ずかしい。

「もう、照れてる場合じゃないでしょ。ひょっとしたら何らかの異常かもしれないのよ。ほら、ドロシーさん。ちょっと診せて」

ゆさゆさと布団を揺らされる。

違うのよメルルさん。戻した理由なら分かっているから。単に私のトラウマに新たな一項目が追加されただけだから。

でも、メルルさんからしたら確かに気になるよね。友達に心配をかけるのは本意ではないので布団から顔を出す。って、メルルさん……泣いてる？

「ドロシーさん本当に目が覚めたんだ。よかった」

「……ごめん。心配かけて」

「やだ、謝らないで。謝るのは私のほうよ。ドロシーさんにあんな無茶させて……本当にごめんなさい」

「う、ううん。全然そんなことないよ。私が勝手にやったことだし。それに結局、私じゃ皆を助けられなかったんだし」

またアリアに負けた。でもいつもは苦々しく感じる敗北も今日はそんなに悪くない。多分、今の私には勝ち負けよりも大切なことがあるからだ。

「だからお礼ならアリアに――」

「そんなことない！」

「え？」

「確かにアリアさんのおかげで助かったわ。でも彼女が来るまでの間、ドロシーさんが頑張ってくれなかったら私達は誰も助からなかった。アリアさんと同じくらいドロシーさんも命の恩人よ」

「その通り。そしてさっき私も似たこと言ったぞ」

「二人に同感だな。自分を卑下(ひげ)するのはよせ。お前はよくやったよ、ドロシー」

「みんな……」

やばい。めちゃくちゃ嬉しい。それに……アリアと同じ、か。そんなこと言われたの初めてだ。

「ちょっとしんみりしちゃったね。それじゃあ検診するから。あ、それと濡れタオルと着替えを持ってきたんだけど、どうする？」

「ん～。じゃあお言葉に甘えまして」

私はいかにも患者さんが着ていそうな服を脱ぐ。

「あっ、待って、待って。今カーテンを――」

「姉貴！　ドロテアさんが目覚めたって聞いたけ……ど？」

部屋に飛び込んできたレオ君。私と目を合わせた彼の視線がゆっくりと下がって、何も着ていないスッポンポンな私の上半身をこれでもかと凝視する。そして再び目の高さまで戻ってきたかと思うと、ボンッとレオ君の顔が一瞬でまっ赤になった。

「レオ!!　貴方、何やってるのよ!!」

メルルさんが尖った声を出す。その迫力ときたら、リトルデビルなんて目じゃない。

「ちが、俺は、その、ちが、ちが、違うんだぁあああ!!」

凄い勢いで走り去っていくレオ君。院内で走るんじゃない、という大声が廊下から聞こえてきて、何もしていないのに何だか悪い気がしてきた。

「アハハ！　レオ君、超可愛い」

「茶化すなアリリアナ。大丈夫かドロシー」

「ごめんなさい。あの子には後でキツいお仕置きしておくから」

「やだな、二人とも。確かに驚いたけど、レオ君はまだ子供だよ。どうってことないよ。……ん？どうかしたの」

何故か気まずそうに顔を見合わせるメルルさんとセンカさん。アリリアナさんはレオ君が走り去っていった廊下を腹を抱えて覗き込んでいる。

「ドロシー。レオを何歳だと思ってる？」

「え？　十二歳前後でしょう。確かに難しい年齢かもしれないけど、まだまだ子供……」

「十六歳」

「え？」

「レオはちょっと人より成長が遅いみたいで、あの子、ああ見えても十六歳なの。攻撃的な言動は子供っぽく見られたくないというコンプレックスの裏返しなのよ」

「そうなんだ。それは……ふ～ん。そうなんだ」

十六歳か。人は見かけによらないわね。十六歳と言えばあれよね、国によっては結婚しててもおかしくない年齢よね。でも十二歳と四つしか変わらないのに、ふふ。おかしな話。一体子供と大人の境界線って、どこにあるのかしら。何て――

……うわぁあああ!!　ばっちり見られちゃったよぉおおお。

「あの、大丈夫？　ドロシーさん」

「へ？　な、何が？　もちろん、もちろん大丈夫だよ。むしろこんなつまらないもの見せてごめんなさい？　みたいな。でも、そっか。十六歳か。十六歳かぁ～」

私は布団を被（かぶ）ると、熱を帯（お）びた頬が冷えるまで微動だにしなかった。

そんなふうにちょっとした事故（?）のようなものはあったものの、入院生活は私が思っている以上に賑やかなものになった。

「ドロシーさんはコーヒー派？　紅茶派？」

「うーん。あまり考えたことないかも。アリリアナさんは？」

「断然コーヒー派ね。眠たい朝も、眠たい夜も、コーヒーをがぶ飲みして頑張る。それが刹那を生きる乙女の流儀なのよ。ほら、よく言うでしょ？　花の寿命は短いって」

「う、うん。言うね。……言うかな？」

「言う言う。メッチャ言っちゃう」

「ドロシー。護身用の仕込みナイフだ。お前の実力は知っているが、近頃は何かと物騒だからな。一つくらい忍ばせておいたほうがいいぞ」

「あ、ありがとう。ちなみにセンカさんもこういうの装備してるの？」

「ああ、全身に千以上も忍ばせている」

「そんなに!?　凄い！」

「………すまん。少し見栄を張った。本当は十くらいだ」

「あっ、そ、そうなんだ。それでも、その、……す、凄いよ？」

「ねぇ、ドロシーさん。今度一緒にお買い物に行かない？」

「えっ!?　行く！　行きたい」

「それじゃあ決定ね。ドロシーさんはどこか行きたい所ある？」

「う～ん。お買い物じゃないけど魔法センターとか行ってみたいかも」

「ドロシーさんなら高得点間違いなしね」

「メルルさんは？　どこか行きたい所ないの？」

「そうね。だったら『メオン』か『クリスタル』。あっ最近できた『イリナス』にも行ってみたいかも。ドロシーさんはこの中だとどれがいい？」

「……ごめん。一つも分かんない」

そんな感じで、皆が毎日お見舞いに来てくれた。

レオ君とオオルバさんもだ。レオ君は事故のことをこれでもかってくらい謝って、オオルバさんは無茶をするんじゃないよって、ちょっと叱ってくれた。

家にいた頃は、風邪や怪我で倒れても、治癒使いを呼んだ後はメイドさんが決まった時間に見にくるだけで、こんなふうに心配されることはなかった。だから凄く嬉しい。今でもあの日の戦いを思い出してたまに吐いちゃうけど、それでもあの時頑張ってよかったって思える。

そして退院も間近という頃、最後に意外な人がお見舞いに来てくれた。

「よぉ、嬢ちゃん。本当に元気そうだな。驚いたぜ」

「あっ⁉　あの時の……」

リトルデビルとの戦闘の時、私が見た中では一番活躍していた冒険者さん。この人がいなかったら、多分私は生きていなかった。

「あの、あの時は助けていただいて――」

「おっとお礼を言うとかマジでなしだぜ。俺は殴られるのを覚悟で顔を出したからな」

「殴るだなんて、そんな……」

「いいや、嬢ちゃんにはその権利があるぜ。俺はあの時、嬢ちゃんが助からないと知ってて補助魔法を掛けた。自分が助かるためにな」

補助魔法や回復魔法もすぎれば毒だ。あの時、もしもアリアが介入しなければどうなっていたことか。考えるとゾッとするので考えないことにしてる。でも、冒険者さんを責める気はなかった。

「私はただ友達を助けたかっただけです。冒険者さんもそうなんじゃないですか？」

「…………アリュウ」

「え？」

「アリュウ。それが俺の名前だ。それとこれは俺の魔法文字の共振板だ。嬢ちゃんには借りがある。どんな些細なことでもいい。手を貸してほしい時はいつでも連絡してきな」

「は、はい。ありがとうございます」

凄い。どんどん連絡が取れる友達（アリュウさんを友達認定しても大丈夫かな？）が増えていく。お父様のもとにいた時には考えられなかったことだ。

「それと、あの伝達絵巻に関してはすまないな。何なら文句言ってきてやろうか？」

「え？　何のお話ですか？」

「あん？　ひょっとしてまだ見てないのか？　これ」

アリュウさんが巻物を手渡してくる。

伝達絵巻――街で起こった様々な事件を書いた紙。そういえば最近読んでないや。

「それは最新のヤツだ。トップを見てみな」

言われて巻物を広げる。何々？

「英雄の誕生。単独でのS指定モンスターの撃破。魔法貴族ドロテア家の誇る天才少女アリア……ですか」

何だかお父様が喜びそうな絵巻だな。そう思った。

＊＊＊

「クックック。よいではないか」

伝達絵巻。大衆に迎合したくだらんもので、普段であれば読む価値のない低俗さだが、今日に限っていえば、くだらないなりにいいことを書いてあった。

「英雄の誕生。単独でのクラスSの撃破。魔法貴族ドロテア家の誇る天才少女アリア……か。流石だ。いや、当然だな」

始まりの魔法使いの血を引く偉大なる血筋。それが魔法貴族ドロテア家なのだから。そしてアリアはそれを正しく体現する者。そこいらの凡愚共とは歴史が違う。あれこそが、いや我々こそが正当なる魔法使いだ。

「……まぁ、どんな立派な血筋でもクズは混ざるものだがな」

最初にアリアを称える絵巻。続く出来事には、間抜け王子のことについて書かれている。

「若き王子、功を焦り冒険者の忠告を無視。犠牲者多数……か。アホガキめ。貴様なぞ血筋以外何の価値もない、うちの出来損ないにも劣る間抜けだと何故気付かん。私が手に入れる王家の威光に泥を塗るんじゃない」

愚物共にドロテア家の威光を分かりやすく伝えるために、王家の仲間入りをする。そのためだけにあんなクソガキにへつらってやっているのだ。これだけ苦労して手に入れた王家の力が嘲笑の対象になったら、笑い話にもならない。

「旦那様、今よろしいでしょうか」

「どうした？」

部屋に入ってきた執事の顔を見るに、どうやら碌な報告ではなさそうだ。

「王妃様から旦那様宛にお手紙が。恐らくは王子とアリア様との婚約についてかと」

「ふん。このタイミングで催促か。よもや向こうが先に我が家の威光に縋るとはな。いや、これが本来あるべき形か」

王子を溺愛している王妃のことだ。周囲から叩かれている王子の評判を少しでもよくしようと、民衆の人気者となったアリアの人望を使う気なのだろう。まぁ気持ちは分からんでもない。分からんでもないが――

「やはり……惜しいな」

歴史あるドロテアの体現者ともいうべきアリアの血に混ぜるのがあの愚物というのは、勿体なさすぎる話だ。クズの相手に相応しいのは、やはり出来損ないのほうだろう。

「おい、ドロシーの行方はまだ掴めないのか？」

「は、はい。それが全ての宿泊施設を調べたのですが、見当たらず。やはり街を出たのでは、と」

「街を出るところを誰か目撃したのか？」

「いえ、そ、そのような報告はありません。ですがドロシー様でしたら、誰にも見られずに街を出るくらい雑作もないことかと」

「何故わざわざ隠れて街を出る必要がある？」

「は？　いえ、それは……その……」

「言い訳せずにもう一度調べ直せ。今度は娼館も含めろ」

「しょ、娼館もですか？」

「あの出来損ないのことだ。可能性がないとは言えんからな」

たとえそうだとしても、先日の魔物騒動を鑑みるに、あの馬鹿王子が相手ならどうとでも誤魔化せるだろう。

「か、かしこまりました。それとリトルデビルを倒したのは確かにアリア様ですが、アリア様が到着される前にリトルデビルを追い詰めていた魔法使いがいるとのことです。手柄を独り占めにするなと一部の冒険者と兵士から苦情が入っておりますが、そちらはどう対応されますか」

そういえばそんな報告を聞いたな。危険指定Sの魔物を相手に奮闘するとは、愚物共の中にも少しはできる魔法使いがいるものだ。だが――

「どうするもこうするもあるまい。別にドロテア家がアリアの功績を喧伝しているわけではない。それはこの絵巻を書いてる奴が勝手にやっていることだ。放っておけ」

「か、畏まりました」

「しかし、ふむ。それほどの魔法使いがいるのならば是非会ってみたいものだな。その魔法使い、名は何という？」

「それが不思議なことに、誰もその魔法使いの名を知らないどころか、魔法使いに関する証言もどこか曖昧なのです。分かっているのは、その魔法使いが若い女ということだけでございます」

「何？　……まさか認識阻害の魔法か？」

しかし、あれは目立つ行動をすると途端に掛かりが悪くなる。S指定の魔物と死闘を繰り広げた者を誤魔化すほどの力はないはずだ。

「それは……私には判断できません。ただ殺された者の遺体を見るに、戦いは凄惨を極めたようですから、そのショックが原因かもしれません」

「ふむ。どちらにしろ会ってみたいものだな」

「ただいま」

「おお、アリア帰ったか。聞きたいことがあるのだ。リトルデビルに対して奮闘した魔法使いがいるという話だが、どのような人物だった？」

本当に認識阻害の魔法を用いていたとしても、そこいらの魔法使いならばともかく、アリアの認識を弄ることはできまい。絶対の信頼。だというのに何故か娘はなかなか口を開こうとしない。

「アリア？」

「……忘れた」

「何だと⁉　まさかお前ともあろう者がどこの馬の骨とも知れぬ輩（やから）の魔法に掛かったなどと言わんだろうな？　ドロテアの血を引くお前が！　アリア‼」

「実験をいくつかしたいから部屋に籠（こも）る。邪魔しないで」

「待て！　待たんか！　アリア！　アリア‼」

ええい。親の言うことを聞かんとは、アリアの奴め……いや、今はそんなことよりもその魔法使いのことだ。アリアに魔法を掛けられるのならば、捨て置くことはできん。できんが……見事だ。低俗な魔法使いが増え続ける中、真に魔法使いを名乗るに相応（ふさわ）しい者なら、ドロテアの威光の下に保護してやらんとな。

「あの、旦那様。私はこれで——」

「待て！　命令を変更する。ドロシー捜索と同時にその魔法使いのことも調べろ。いいな？」

「か、畏（かしこ）まりました」

ふん。これでグズな娘を探すだけの人探しに少しは面白みが出てきたな。さて、馬鹿王子のほうはどう対処するべきか。葉巻でも吸いながらゆっくりと思案するとしよう。

＊＊＊

「——え？　ドロシーさん。今魔法店の二階に住んでんの？」

隣を歩くアリリアナさんが意外そうな顔をした。

「そうなの。オオルバ魔法店って言うんだけど、知らないかな？」

「ごめ～ん。聞いたことないかも。センカは？」

「いや、ないな。メルルはどうだ？」

「私も……貴族御用達のお店なら一通り知っているつもりだったんだけど」

退院日、メルルさん達三人はわざわざ仕事の休みを取って、私の帰宅に付き添ってくれた。嬉しいけど、ちょっと悪いかなって思う。でもやっぱり嬉しい!!

「オオルバ魔法店は平民にも解放されてるから。ただ、予約のお客さんが来ない時は基本的に閑古鳥が鳴いてるけどね。あっ、でも品揃えは悪くないんだよ？　凄い魔法具が一杯あるし」

「例えばどんなものがあるんだ？」

「どんな？　ええっと、それは……」

ど、どうしよう。ユニコーンの角を始めとして喋っちゃいけないのが多すぎる。でも友達にはオオルバさんのお店の凄さを分かってほしいって気持ちがあるし。

何か、何かないかな。話しても問題なくて、それでもってオオルバさんのお店の凄さが分かる一品。……そうだ！　あれならいけるんじゃないかな？

「妖精の粉！　あのね、オオルバさんってこの間、妖精の粉を仕入れたんだよ」

「わっ、それは凄いよドロシーさん。私はそこそこ多くのお店を利用してるけど、置いてあるとこ見たことないもの」

「同じくー！　妖精ってあれでしょ。元々神格種の一種なのに好き好んでこっちの世界にやってくる物好きでプリティーな種族。ああ、一度でいいから本物見てみたい。見てみたくない？　ねぇねぇ」

アリリアナさんに肩をゆさゆさと揺らされる。

「う、うん。見たいかも。でも妖精が目の前にいても、私達は気付けないかもしれないよ？」

「え？　何で？」

「あのねアリリアナちゃん、上位世界に移り住んだ、あるいは元から住んでいた神格種は、私達よりも一つ上の次元に存在するの。だから向こうが意図的に自分の存在を教えない限り、私達には分からないのよ。ほら、アリリアナちゃんが大好きな空想絵巻の登場人物だってアリリアナちゃんに気付かないでしょ？　でもアリリアナちゃんがそこに自分の姿を描いて、登場人物のセリフを変えたら気付いたことになる。そんなレベルなのよ」

「何それ〜？　平民と貴族なんて目じゃないくらいの格差じゃん。そこまで差がヤバいと、逆に笑えてきちゃうんですけど」

笑えるかな？　う〜ん。アリリアナさんの感性はちょっとよく分からない。

「昔より数は減ったが、今でも定期的にこっちの世界、とりわけ人間にちょっかいを掛けてくる妖精はいるようだな。それで気に入った相手に粉を送ってるとか」

「うん。だから妖精の粉はすっごく貴重なんだよ。本当、オオルバさん、どうやって仕入れたんだろ」

あの時は三倍の値段でもいいと言ったけど、ユニコーンの角（つの）や他の神格種の相場に触れた後だと、ひょっとしたら三十倍の値段でも売れたんじゃないかと思ってしまう。

「そういえば妖精ってさ、悪戯がガチレベルでヤバいって聞いたけど、その辺はどうなの？」

「ああ、よく聞くな。実際、昔は妖精の悪戯で人が死ぬこともあったらしい。ただ現在こちらの世界に干渉してくる妖精は基本的に人間好きが多く、その手の事件は起きなくなって久しいと聞く」

「妖精は無邪気に人を殺す反面、愛するととことん尽くすことで有名なのよね。ほら、ドロシーさん。何て言ったかしら、あの言葉。ああ、いけない。凄くいい言葉なのに何故か出てこないわ」

「妖精は愛を裏切れない……かな？」

「そう、それ。ロマンチックじゃないかしら？」

「どうゆこと？」

アリリアナさんの瞳が説明プリーズと言っている。

「妖精はね、一度人間を愛するとその愛を決して裏切れなくなるんだって。もしも裏切っちゃうと最悪消滅しかねないって話なの」

「ええっ⁉　離婚NGなの？　こわ、そんな人生怖すぎ」

「そうか？　貴族だって戦略結婚なら当人の意思で別れられないし、平民だって一度結婚したら死ぬまで添い遂げる者のほうが多いだろう」

「アリリアナちゃんは離婚を想定して結婚するのかな？」

「もう、メルルったら。そんなわけないでしょ。私は結婚したらきっと、すっごい尽くす良妻になる……はずよ」

ちょっと怪しいな、と思ってしまったのは内緒だ。あっ、でもアリリアナさんならきっと子供に好かれるお母さんになりそう。

「ところでさ、その話に疑問が一つ。妖精って人と、その……できちゃうわけ？　ズバリ言うとエッチなことが。エッチなことが人とできちゃう感じなんですか？」

「何故(なぜ)そこを強調する。……妖精は特殊能力の多さで有名だからな。悪戯(いたずら)に用いられる認識を操る魔法もそうだし、見えたり見えなかったり……まぁこれは神格種なら当然だが。とにかく体の大きさくらい、どうとでもできるんだろう」

「妖精との間に、というか神格種との間にできた人間の子供は半神と言って、伝説絵巻に描かれているような英雄達の多くが神の血を引く半神だったとも言われてるんだよ」

「ほえー。流石(さすが)はドロシーさん。物知りだね」

「べ、勉強だけはしてきたからね」

友達に感心されると、テストでいい点取った時よりもずっと嬉しい。よし。もっと色んな知識を仕入れておこう。

私がそんな決意を固めていると――

「あっ、見えたよ。あれがオオルバ魔法店」

遠くにすっかり見慣れた建物が見えてきた。

オオルバさん、お店にいるかな？　……あれ？　そういえばこの場合、私は何て言うべきなんだろう？

お店のドアを開けながら、ふとそんなことが気になった。

こんにちは？　お邪魔します？　ただいま？

一番しっくりくるのはただいま、かな。でも自分の家でもないのに、変？　一階はお店だし。いや、でもこのお店に住んでいるわけだから、別におかしくはないよね。

「おかえり嬢ちゃん」

「わっ⁉」

私があれこれ考えている内にオオルバさんが出てきちゃった。

「えっと……は、はい！　ただいま……です。それとこちらは、私の友達の――」

「ああ。病院で何度か会ったよ。よく来たね」

「お邪魔しまーす」

元気よく手を上げるアリリアナさん。その隣でメルルさんとセンカさんがオオルバさんに頭を下げる。

「上がっていくだろ？　お茶菓子があるから後で持っていくよ」

「いえ、そんな。お気遣いなく」

「遠慮しなくていいよ。嬢ちゃんの退院に付き添ってくれた礼だよ。ありがとね」

「そういうことなら遠慮なくぅ～」

「ちょっとアリリアナちゃん？」

「いいんだよ。じゃあ嬢ちゃん、後で部屋に行くからね」

「ありがとうございます。それじゃあ三人共、よかったら、その、ど、どうぞ」

どもっちゃった。考えてみたら、友達を部屋に呼ぶなんて初めての経験だ。

ここまであまりにも自然な流れだったせいで全然意識してなかった。そんな自分にビックリだ。

でもそうだよね？　家にまで付き添ってもらっておいて、着いたらバイバイじゃあ変だよね？

う～。何だか急に心臓がバクバクし始めた。

「それじゃあせっかくだし、お邪魔させてもらうね」

「う、うん。こっちだよ」

私は皆を二階に続く階段がある店の奥に案内する。よかった。アリリアナさんとセンカさんもちゃんとついてきてくれる。

「ドロシーさんの部屋か～。凄い楽しみ」

「へ？　な、何で？」

「え～？　友達の部屋ってどんな感じか気にならない？　ちなみにメルルの部屋は医学書ばっかで、センカの部屋は和室で刀とか置いてあるんだよ」

「そうなんだ。あっ、でもそんな感じはするよね。ちなみにアリリアナさんの部屋はどんな雰囲気なの？」

「そりゃ勿論乙女らしい——」

「凄く汚い」

メルルさんとセンカさんが綺麗に声を揃え、私はちょっとビックリした。

「そ、そうなの？」

「ああ。あまりの汚さに、私とメルルが定期的に掃除をしてるくらいだ」

「私は必要ないって言ってるんだよ？　二人が分からないだけで、あの部屋の混沌具合は考えに考え抜かれた最高の配置で構成されてるんだから」

「でもアリリアナちゃん、前に掃除した時、お菓子を服で潰してるのに気付いてショック受けてたよね」

「あれは……悲しい事件だったわ」

なんかアリリアナさんの部屋がどんな感じか、見てもいないのに想像できちゃうな。……そういえば私、出かける前に部屋片付けたっけ？　あの時はまさか入院する羽目になるなんて考えてもいなかったし、ましてや友達を連れて戻るなんて想像もしていなかったから覚えていない。

どうしよう。先に部屋を確認したい。凄(すご)くしたい。でも変かな？　私が先に入るから三人はちょっと待ってて、って言うのは。……うん。変だ。絶対変だ。やましいことがあると思われちゃう。そんなのないのに。って、もう部屋の前に着いちゃった。

「ドロシーさんも私と同じ混沌派に一票」

「そんなわけないだろ。きっとメルルのような部屋だ」

「ふふ。ちょっと楽しみかな」

ああ、三人のあのワクワクとした顔。だ、駄目だ。待っててとは、とても言い出せない。だ、大丈夫よ。見られて困るものはない……はず。

私は小さく喉を鳴らすと、ゆっくりと部屋のドアを開けた。そこにあったのは――

「ありゃ、混沌派ではなかったか。ドロシーさん、信じていたのに。およよ」

「えっと、その、ご、ごめんね？」

よ、よかった～。部屋の中はちょっと散らかっているものの、綺麗だ。これなら別に笑われる要素はない。

「アリリアナの言葉にいちいち真面目に反応してたら身がもたないぞ。しかし、思ったよりも物が少ないんだな」

「うん。引っ越してきてからそれほど日が経ってないから」

引っ越しというか、あれは家出当然だったので、荷物なんて当然何も持ってきていない。初日に比べれば少しは増えているものの、それでも全然だ。そろそろ積極的に色々買ったほうがいいかな？

「でも落ち着くいい部屋ね。ドロシーさんらしいと思うわ」

「あ、ありがとう」

メルルさんがそう言ってくれるなら、もうちょっとこのままでもいいかも。あっ、でも参考書くらいは買っておこう。

「ありゃ？　何でドロシーさん魔法板二つもつけてるの？」

「え？　あっ⁉　そ、それは……」

わ、忘れてた‼　どうしよう？　説明しちゃう？　初めての魔法文字記念に取っておいた宝物ですって。その連絡を取った本人に？　……無理。そんなの絶対無理。ご、誤魔化さなきゃ。

「そ、その魔法板ちょっと調子悪くて。連絡取れないと困るから新しいの買ったの」

心の中で魔法板をくれたオオルバさんに百回謝る。後で、お詫びの品を持っていこう。

「へ〜。でも魔法店が一階にあるなんて便利でいいじゃん。欲しいものがあったらすぐ買える」

「そうだな。先程少しばかり店内を見たが品揃えもいいし、魔法使いにとってはかなりいい環境だ」

「それにしても少し裏道にあるとはいえ、どうして今までこのお店のことを知らなかったのかしら？　ドロシーさんはどうやってこのお店を知ったの？　誰かの紹介？」

「う、ううん。たまたま歩いてたら見つけて。品揃えはいいし、人が少ないからじっくり見れるしで、いいかなって思って通い出したの」

「ドロシーさんってさ、インドア派のイメージがあったからちょっと意外かも。何々？　結構色んな所に顔を出しちゃう感じ？」

「そんなことないよ。あの時はたまたま……」

あれ？　そういえば私、何でこのお店がある所まで足を運んだのだっけ？　行きつけの本屋から距離があるし、学生時代は色んなお店に入るような精神的余裕もなければ性格でもなかったのに。

「どうした、ドロシー」

「えっと、このお店を発見した時の経緯が曖昧で……」

「ひょっとしてドロシーさん、妖精に誘われたちゃった感じ？」

「またお前は適当なことを。何年も前の出来事なんだから忘れていて当然だろ」

そうかな？　……そうだよね。日常の出来事なんて全部記憶していないのが普通だよね。

その時、ガチャリ、とドアが開かれた。

「嬢ちゃん達、お茶と茶菓子持ってきたよ」

「わざわざスミマセン。わぁ、とっても美味しそうですね」

メルルさんが素早く動いてオオルバさんからお盆を受け取る。オオルバさんは体が小さいから大きな荷物を持っていると凄くハラハラした。私もメルルさんみたいにもっと気を利かせなきゃ。

「お代わりはいくらでもあるから遠慮なく言いなよ」

それだけ言って、オオルバさんはさっさと出ていってしまう。

「オオルバさん、いい人だね」

「うん。家を飛び出した私が普通に生活できているのも、オオルバさんのお陰なの」

「それ！　私ドロシーさんが家を出た理由が凄く気になってたんだよね。……あっ、勿論喋りたくなかったら言わなくてもいいからね」

「ううん。そんなことないよ」

むしろ友達に話したらスッキリしそう。

「よかった。じゃあ聞かせて。本当はお茶会の時に聞こうと思ってたんだけど、気になりすぎてもう我慢できない感じなの」

「そうは言うがなアリリアナ。これだって立派なお茶会だろ」

センカさんのその言葉にハッとなる。友達がいて、お茶がある。本当だ。これ、私にとって初めてのお茶会だ。

「アハハ。確かに～。それじゃあ私達の最初のお茶会のテーマは、ドロシーさんの身の上話で決定な感じで。さぁドロシーさん。どうぞ、どうぞ」

「う、うん。それじゃあ、まずは私が家を出ようと思ったのは――」

思いがけないお茶会の始まりにちょっと動揺しつつ、私はこれまでの経緯を三人に説明した。

初めてのお茶会は緊張で何も喉を通らなくなるんじゃないかと不安だったのに、いざ始めてみれば驚くほど自然体でいられる。まるで昔からこうだったと、錯覚するほどに。

「――というわけで、私はお父様のもとを離れることにしたの」

「ほぇ～。ドロシーさん、やるぅ」

「想像してたよりもずっと大変な事情だったのね。……ごめんなさい。最初に会った時にすぐに相談に乗るべきだったわ」

「え？　そ、そんなことないよ。あの時は既に、オオルバさんが店に住んでいいって言ってくれた後で、本当に全然大丈夫だったから。だからメルルさんが気にすることなんて何もないからね？」

むしろあの時メルルさんが話しかけてくれなかったら、今これだけ明るい気持ちではいられなかったと思う。だからメルルさんにはすっごく感謝してる。

「だが、そのような事情で飛び出したのならば、お父上が連れ戻そうとなさらないのか？」

「そうだよ。ドロシーさんのお父さん、ガチガチの懐古主義なんでしょ？　お前の意思など知るか！　王子と結婚しろ！　とか言ってこない？」

「う～ん、初めは私もそれをちょっと覚悟してたよ？　その時は絶対言うこと聞くもんかって思ってた。でも、もうそれなりに時間が経つのに、お父様、何も言ってこないんだよね」

「見つかってないだけじゃないのか？」

「それは流石にないと思う。昔よりだいぶ衰えたといっても、ドロテア家にはまだ強い影響力があるし。だからこれだけ経ってもお父様どころか使いの者が現れないのは、探してない証拠だと思うの。多分、私みたいな落ちこぼれのことなんてどうでもいいんだと思う」

分かってはいたものの、お父様の中での私の価値ってとことん低いんだと痛感する。まさか王子との婚約相手としても無価値だと思われていたとは。

いや、別にいいんだけどね？

「はぁ」

「チョップ！」

「アイタッ!?　ア、アリリアナさん？　何するの？」

「もう、ドロシーさんが妹のアリアちゃんと比べて自信がないのは分かったけど、私達からしたらドロシーさんだって十分天才だからね？　そんなふうなネガティブ思考は禁止。ため息も禁止。分かった？」

「で、でも私なんか……」

「もう一回チョップいっとく？」

アリリアナさんが作る手刀に、私は咄嗟に頭を庇う。

「い、いえ。結構です」

「まぁ、アリリアナのやり方はどうかと思うが、ドロシーはもっと自信を持っていいと思うぞ。というか、持ってくれないとこちらがへこむ」

「そうね。ドロシーさんのお父様が何と言おうが私達はドロシーさんが凄いことを知っている。魔法だけではなく、その心も。それだけは間違いないわ」

「みんな……うん。あ、ありがとう」

今まではお父様の評価だけが私の中での全てだった。でも屋敷を出てみると、お父様とは違う考えで私を認めてくれる人がこんなにたくさんいる。そのことがただ嬉しい。

「よし、ドロシーさんの事情も聞けたし、それなら次の重要議題に移りたいと思います」

「またか、お前も好きだな」

「いつも同じなのにね」

何だろ？　私にはアリリアナさんの言う重要議題というのが分からない。でも、メルルさんとセンカさんはそうではないようだ。

いいなぁ、この息のあった感じ。私もその内、この輪に入れるかな？

「えっと、それってどんなお話なの？」

「ふっふっふ。愚問ねドロシーさん。女が四人もいる感じなのよ？　なら恋バナするっきゃないでしょ、恋バナ」

「な、なるほど」

あまりにも自分に縁がなさすぎて思い付かなかったけど、うん。確かにお茶会とか女子会とかって、そんなイメージがあるよね。こんな話を始めるってことは、ひょっとして――

「三人はお付き合いしている人がいるんだ？」

「おりません！」

「私もいないわ」

「同じく」

「あ、あれ？　あ、じゃあ気になる人とかがいるんだ」

「皆無（かいむ）です」

「私も……今はお仕事覚えるのが精一杯で、とてもそんな余裕ないわ」

「同じく」

「そ、そうなんだ。それは……そうなんだ」

「「「…………」」」

ど、どうしよう。話が終わっちゃった。センカさんなんか同じくとしか言ってないし。

これって私の聞き方が悪かったのかな？　ううっ、沈黙が痛い。お願い。誰か何か言って。

「まぁ、いつもこんな感じだ。アリリアナが思い出したように恋バナと言い出して、誰も縁がないものだからすぐ終わる」

「な、なるほど」

「でも今日はドロシーさんがいるもんね。さぁ、ドロシーさん。私達に貴方の禁断の恋バナを教えて」

「えっと、ごめんなさい。今までずっと勉強一筋だったから、そんな経験ありません」

「はい終了〜」

「いや、待て。ドロシー、そういえばあの冒険者とはどうなんだ？」

「あの冒険者って、ひょっとしてアリュウさんのこと？　どうって言われても……」

退院間近に私を訪ねてくれたアリュウさん。てっきりその日だけのお見舞いかと思ったのに、退院するまでの短い間、毎日会いに来てくれた。だからメルルさん達とも何度か顔を合わせている。

「おおっ、確かに。ちょっと怪しい感じだったよね」

「アリュウさんとはそんなんじゃないよ。ただアリュウさんは私に罪悪感を抱いているみたいだから、それでたくさんお見舞いに来てくれただけなの」

「本当に？」

「え？　メ、メルルさん？　う、うん。本当だけど……どうかしたの？」

メルルさん、医療魔法を使っている時くらい目が真剣なんだけど。

「えっと、その、ね？　レオがドロシーさんに勉強を教えてもらいたいって言ってて。それでその、ドロシーさんさえよければ……どうかな？」

「レオ君が？　勿論いいよ」

「本当？　じゃあここの住所教えてもいい？」

「うん。共振板も渡しておくから、好きな時に連絡してって伝えてくれるかな」

「ありがとう、ドロシーさん。レオも喜ぶわ」

メルルさん、凄い嬉しそう。弟の勉強のためにここまで喜べるなんて、それに比べてウチは……って、いけない、いけない。せっかくのお茶会なんだ、暗いことを考えるのは後にしよう。

そうして、私は初めてのお茶会を存分に楽しんだ。

「なるほど。『クリスタル』って美容及び健康関連の魔法店なんだ。医療第四種。ちょっと苦手だったな」

技術的な難しさなら医療第一種がダントツだったけれど、第四種は魔法と薬品の組み合わせを覚える必要があって、別の意味で大変だった。

「そういえば……試験勉強中にアリアが勝手に私のフラスコ取って喧嘩になったんだっけ」

まぁ、喧嘩といってもいつものように怒鳴る私をアリアがスルーしていただけ。どうも彼女は私の物を自分の物と思っている節がある。あと、無表情のくせして変なところで悪戯好きだ。その内容は全然笑えないけど。

「って、やめよう。あの子のことを考えても虚しくなるだけだわ」

それよりもこのガイド絵巻に描かれている『クリスタル』ってお店、凄く綺麗な外観をしている。

「メルルさん興味ありそうだったし、二人で行く前に一度行ってみようかな？」

お茶会以降、連絡は毎日のように取っているものの、三人とはなかなか会えていない。私のお見舞いに毎日来るために職場に無理を言って時間を調整していたらしく、それが終わった今、当分の間は仕事漬けの日々らしい。

「やっぱり私も仕事を探すべきかなぁ」

ドレスと髪と宝石を売ったお金があるから当面はお金に困らないものの、メルルさん達を見ていると、私も働かなきゃって気になってくる。

そのことを話すと、オオルバさんはやりたければもっとシフトに入ってもいいって言ってくれた。勿論それでもいいんだけど、一度自分で職を探してみたいという気持ちがあるんだよね。

「嬢ちゃん、今いいかい？」

「オオルバさん？　大丈夫ですよ」

部屋のドアが開いて、オオルバさんがひょっこりと顔を出す。彼女は常に空を飛んでいるから階段を上る音が聞こえない。だから、突然声をかけられることにもそろそろ慣れてきた。

「下に男の子が来てるよ。ドロシー嬢ちゃんの友達じゃないのかい？」

「え？　いえ、私に男の子の友達は……ちなみにどんな子ですか？」

「赤い髪で年齢の割には少し身長が低い子だね」

「レオ君だ。あれ？　どうしたんだろ」

今日来るとは聞いていない。メルルさんに共振板を渡したものの結局まだ魔法文字での連絡はもらえていないから、皆と同じように忙しいんだと思ってた。

「店の前をウロウロしてたから入れたんだけど、もしかしてまずかったかい？」

「いえ、そんなことは。分かりました。今行きます」

「ああ。私はちょっと奥で作業しているよ。お茶菓子とかは好きに取っていいからね」

「ありがとうございます。あっ、この間の月花饅頭(まんじゅう)ってまだありますか？」

「ずいぶん気に入ったんだね。棚の左側を探してごらん」

そう言って一階に下りていくオオルバさん。やった。レオ君のおかげで美味(おい)しいお菓子を食べる機会を得ちゃった。

そして私もオオルバさんに続いて一階に行こうとして、はたと気が付く。

「そういえば勉強教えてって話だったっけ？」

突然来たからその可能性は低いように思えるけど、でもせっかく来たんだし、部屋に上がってもらったほうがいいよね。前の時みたいな失敗はしないように部屋の中を軽く片付けちゃおう。

あまり待たせても悪いから出ている絵巻を片付けるくらいにしておく。大して物がないからこれで十分だ。

「よし、大丈夫……かな？　うん、大丈夫」

おかしな点はどこにもない。壁にボードが二つ掛かっているのはそのままだが、三人には上手(うま)く言い訳できたし、もうあれはそのままにしておく。

「それにしても、こんなに早く誰かが訪ねてくれるなんて。ふふ」

嬉しいような、くすぐったいような、そんな気持ちを抱えて私は一階に下りた。

レオ君はお店の中を落ち着きなくうろうろしていて、私が近付いても全然気付かない。ちょっと話しかけにくい雰囲気だけど、どうしようかな？　考え事が終わるまで待ったほうがいい？　でも待たせちゃってるし。

「……お待たせ。ひょっとして何か探してるの？」

「えっ⁉　あ、いや、見てただけ。見てただけだ！」

レオ君が手をぶんぶんと振って、それが商品に当たる。

「わっ⁉」

「おっと」

地面に落ちかけた商品を私が空中でキャッチした。

「セーフだね」

「わ、悪い」

「ううん。こっちこそ、何か驚かしちゃったみたいでごめんね」

「いや、俺が勝手に驚いただけだし、それに急に来たのは俺で、その、迷惑じゃなかったか？」

「全然。友達が訪ねてくれるのは嬉しいよ。魔法文字で連絡くれたら迎えに行ったのに」

オオルバさんの話だと、店の前をうろうろしていたらしい。レオ君は初めてのお店でも入るのに緊張しなさそうだから意外だ。

「いや、ちょ、ちょっとどんな店か気になっただけだ。たまたま近くを通りかかって、それで……」

そんな感じだ」

「そうなんだ」

何だろ？　今日のレオ君、ちょっと落ち着きがない気がする。何かあったのかな？　聞くべき？

ううん、聞かれたくないかもだよね。ここは無難な質問にしておこう。

「そういえば、メルルさんに勉強の話聞いたよ。いつから始める？」

「あ、あれは姉貴が勝手に言って……それで、その、ドロテアさんは迷惑じゃないのか？」

「そんなことないよ。実は友達とお勉強って憧れてたんだよね」

お友達との勉強会。クラスの子達が楽しそうに話しているのを聞いている時は、人と勉強するなんて効率悪そうだなんて捻くれたことを考えていたけど、本当はすっごく羨ましかった。だからメルルさんのお願いを抜きに、ちょっと楽しみだったりする。

「ここで話すのも何だから部屋に上がってよ。あっ、ちょっと待ってね」

キッチンに行ってお茶とお菓子を準備しなきゃ。

あれ？　そういえば、これだってお茶会と言えるよね？　こんなに早く二度目のお茶会ができるだなんて……。できるならこのままこんな日々を日常にしていきたいな。

「お待たせ。あれ？　どうしたの？」

レオ君は何故か彫像のように固まってる。

「い、いや、その、今……部屋って言ったか？」

「言ったけど？　あっ、もしかして忙しかった？」

近くを通りかかっただけと言っていたから、ひょっとしたら用事の途中なのかもしれない。

「全然!?　あれだ、俺学生だし、今日はもうやることないから全然暇だ」

「そう、よかった。なら上がっていってよ。すっごく美味しいお饅頭があるんだよ。レオ君甘い物好き？」

「あ、ああ。……好きだ。いや、饅頭がだ！　饅頭が好きなんだ!!」

「そ、そうなんだ」

甘い物の中でも特にお饅頭が好きってことかな？　何にしろ大好きだってことは伝わってくる。

「ならもう少しお茶菓子取ってくるね。レオ君男の子だし、これくらいだと足りないでしょ？」

「そこまでしてもらわなくていい。それよりも、その、俺を部屋に上げてもいいのか？」

「え？　……うん。大丈夫だけど？」

どうしてそんなこと聞くんだろ？　まるで私の部屋に何かあるような言い方。でもレオ君が私の部屋事情を知るわけないし、……まさかメルルさん？　メルルさんが何か言……うわけないよね。でも、ならどうして？

「えっと。ひょっとして私の部屋に上がるのが嫌だったり？」

掃除はちゃんと毎日しているから臭くはないはず。……ないよね？

何だか無性にメルルさん達と話したくなってきた。そして全然臭わないよって言ってほしい。

「そういうわけじゃない。ただ、ほら。俺は男で、お前はその、お、女だろ？　普通嫌なんじゃないか？　付き合ってもいない異性を部屋に上げるのは」

「ああっ、そういう話ね」

言われてみたらそうだ。全然意識していなかったけど、今私は男の子を部屋に上げようとしているんだ。でも別に特別な意味はないし、相手はメルルさんの弟。異性の友達と一緒にお茶を飲むくらいは普通だよね。

ひょっとして違うのかな？　どうしよう、交友関係が少なすぎて、常識が分からない。前のお茶会の時に聞いておけばよかった。

レオ君を部屋に上げるべきかどうか、ちょっと考える。……大丈夫？　うん。大丈夫だ。レオ君を部屋に上げるくらい。

「構わないから、レオ君さえよければ上がっていってよ」

「……いいのか？」

そういうふうに念を押されるとちょっと不安になっちゃうものの、相手はレオ君。会ってそれほど時間が経っていないとはいえ、メルルさんの弟で、危険指定Sの魔物を相手に共に戦って、医療に関してもしっかりとした考えを持っている子だ。信頼するには十分だと思う。

レオ君とは友達になりたいと思っているし、友達になったらいちいち二人っきりとかで意識したくない。……うん。やっぱり大丈夫だよ。

「いいよ。だって私達もう、と、友達でしょ？　遠慮しないでよ」

「あ、ああ。じゃあ、その、お邪魔します」

「うん。こっちだよ」

よかった。友達の部分を否定されなかった。これってレオ君も友達だと思ってくれているってことだよね？　ふふ。嬉しいな。

「ここが私の部屋だよ。座布団、好きなの使っていいからね」

レオ君は私の部屋を物珍しそうにキョロキョロと見回す。ちゃんと片付けておいたとはいえ、ジロジロ見られるのはちょっと恥ずかしいかも。

「ボード、二つあるけど何か仕事してるのか？」

「へ？　えっと一応このお店で店員やることもあるけど、どうして？」

「いや、仕事とプライベートで使い分けてるのかと思った。ほら、ギルドにもボードがいくつも並んでるだろ？　あんな感じで」

なるほど。用途によって使い分けるのは効率的だ。二つ飾っている言い訳に使えたのに、今更だよね。

「ううん。そうじゃなくて単に一つは調子悪くて。それで新しいほうを使っているだけだよ」

「なら壊れてるのは、俺が帰りに捨ててやろうか？　ほら、勉強を教えてもらうお礼がしたいし」

「えっ!?　ぜ、絶対ダメ！　あれはその、か、飾りなの。ほら、私の部屋、殺風景でしょ？　だからなの。だからあれを捨てちゃダメだからね」

素直に宝物ですって言えない私が悪いんだけど、いきなりの捨てる発言につい声が大きくなる。

「お、おう。……悪い。余計なこと言ったみたいで」

「余計なことだなんて……。その、えっと……」

ああ、どうしよう。空気を悪くしちゃった。こういう時アリリアナさんがいてくれたら雰囲気を変えてくれるのに。と、とにかく話題を変えなくっちゃ。

「そ、そのリュクの中、ひょっとして参考書が入ってたりするの？」

「ん？　ああ、よく分かったな」

「見てもいいかな？」

レオ君はリュックから一冊の本を取り出すと、私に手渡してくれた。

「医療第二種かぁ、狙ってるの？」

「できれば在学中に取っておきたいと考えてる」

医療第二種を在学中に取れる人はあまり多くない。私のクラスでも卒業までに取れた人は十人いなかったと思う。

「レオ君、やっぱり将来は治癒使いを目指してるんだ」

「ああ。どんな怪我も治せる治癒使いが俺の目標だ」

「そうなんだ。……凄いね」

「ドロテアさんのほうが凄いだろ。何せ在学中に第一種も取ったんだからな」

「ううん、そういうことじゃなくて、ちゃんと目標を持って勉強してるのが凄いというか、私はほら、勉強すること自体が目的のようなものだったから」

アリアに勝ってお父様に認めてもらう。あるいは、アリアにこれ以上差をつけられてお父様に今以上に失望されない。目的といえばそれくらいで、勉強をして何になりたいかは考えたことがなかった。

「だから本当に凄いと思う。うん。凄いよレオ君は」

「よせよ。それで第二種が取れなかったら恥ずかしいだろ」

あっ、少し顔が赤くなってる。ふふ。ちょっと可愛い。

「じゃあレオ君が医療第二種を取れるように私も精一杯協力するよ」

「お、おう。それと……」

「うん？　何、どうかしたの？」

「あっ……いや、何でもない。それじゃあ勉強見てもらえるってことでいいか？」

「勿論(もちろん)だよ。というか、今少しやっちゃおうか。ちょうど参考書あるし」

私は手に持っている参考書を開く。

「俺はいいけど、ドロテアさんはいいのか？　その、予定とかは」

「全然大丈夫だよ。それじゃあ、まずはレオ君の今の実力を知りたいから、この参考書の問題を解いてみてくれる？」

「ああ、分かった」

そうしてこの日、私とレオ君は初めての勉強会を日が暮れるまでみっちりとやった。

＊＊＊

「……オ、……レ……オ……レオ!!」

「うおっ!?　あ、姉貴？　何だよ、入るならノックしろよな」

いくら姉弟といってもいつまでも小さい子供じゃないんだから、その辺もうちょっと気をつけてほしいぜ。

「何度もしたわよ。でも返事がないから、いないのかなって」

「あ～、悪い。全然気付かなかった。って、もうこんな時間か」

机に座った時は明るかった外が暗くなっていて軽くビビる。

「また勉強？　ちょっと根詰めすぎじゃない？」

「これくらいなんてことねぇよ。ドロテアさんに無理言って勉強教えてもらってるんだ。在学中に絶対第二種取っておきたいからな」

「第二種、今年はもう終わったから次は来年でしょ。今からそのペースだともたないわよ？」

「いや、指定試験制度を使うつもりだから、今年もう一度チャレンジできる」

ギルドが運営する医療第二種の資格試験は年の頭にあって、今年の分は既に終わっている。ただギルドには各地を忙しなく移動する冒険者のために指定試験制度というものが導入されていた。

これは個人が年に一度しか使用できない代わりに、どんな試験でも好きな日にちに受けられるというもので、ギルドに登録さえしておけば誰でも使用できる。

「レオ、冒険者登録するつもりなの？　治癒使い目指すんでしょ？　なのに……」

「別に冒険者として活動するわけじゃないんだから問題ないだろ」

冒険者の縛りはせいぜい人間同士の戦争に関わってはいけないというものくらいで、戦争なんてものに関わるつもりのない俺には関係のない話だ。

「そんな単純な話じゃないでしょ。戦時下における医療行為は戦争加担になり得るのか。この議論にまだ決着がついてないとはいえ、これからの流れ次第でどうなるかは分からないわ。治癒使いとして自由に活動していきたいなら、ギルドの傘下に入るのはやめるべきよ」

「でも、姉貴――」

「でもはなし。この話はお父さん達も含めてみんなでじっくり話し合いましょう。……ん？　攻撃魔法の本？　珍しいね、レオが治癒や補助以外の魔法を勉強しているなんて」

「あ、いや、これは……」

やべ、本出しっぱなしだった。咄嗟に本を隠そうと手が動きかけるが……今更だよな。

「どういった心境の変化なの？　攻撃魔法は大っ嫌いだって言ってたじゃない」

「今だって嫌いだ。人を傷付ける魔法なんて」

せっかく魔法という便利なモノがあるのに、それを互いに向け合って怪我をして、それで本人も周りの人達もわんわん泣く。そういった患者を小さい時から何人も見ている内に、攻撃魔法を本当に覚える必要があるのか疑問を覚えた。だから攻撃魔法の習得は徹底的に拒否してきたのだ。それを間違いとは思わない。だけど――

「リトルデビルの時さ、ドロテアさん、アリリアナに俺を守るようお願いしてただろう？　俺は男なのに。本当なら俺がアリリアナを……ドロテアさんを守らなきゃいけなかったのに。最後までドロテアさんが俺に頼ることはなかった」

「それは……仕方ないわよ。ドロシーさんはクラスメイトである私達の実力は知ってても、レオの力量は知らないんだし。それにあの時はドロシーさん、レオのことを何というか、その……」

「ガキだと思ってたんだろ？　いいよ、気を使わなくって。慣れてるし」

十二歳くらいの時に成長の止まったこの体。魔力が平均を大きく超えた者に時折起こる現象という話だ。実際俺の魔力は人よりかなり高い。……どうせなら身長も高ければよかったのに。

「とにかく、俺が今も攻撃魔法が大っ嫌いだってことに変わりはない。でも前みたいなことがまたあった時、守られるだけは嫌なんだ。何よりも……」

自分が大怪我をしながら、それでも誰かを助けようと魔法を使う、あの時のドロテアさんは凄いと思った。他人の行動にあそこまで感動したのは初めてだ。同時に、どうして俺は彼女を守ってやれないのかと悔しかった。俺がもっと強ければ、つまらない意地で攻撃魔法を覚えるのを拒否してなければ、ドロテアさんを守れたのに。だから――

「何よりも……何なの？」

「え？　あ、いや、とにかく。少しくらいなら覚えてもいいかなって思ったんだよ」

本当は攻撃魔法もドロテアさんに習おうかと思ったけど、何故か言い出せなかったんだよな。

「ふーん。そうなんだ」

「……何だよ」

姉貴のこの顔、絶対うざいこと考えてるな。

「別に～。ただ色々と心境の変化があった可愛い弟に必要なのはこれかなって」

そう言って、姉貴はどこからともなく取り出した絵巻を広げる。

「ガイド絵巻？　『クリスタル』って、ちょっと前にできた健康関連の店？」

「そう、ここにすっごく有名な魔法薬剤師の先生がいてね、レオみたいな症状の子によく効く薬売ってるんだって。今まではレオ、こういうのに興味ないって言ってたでしょう。でも今ならどうかなって。……どう？」

「どうって言われてもな」

俺はしばらくの間、姉貴が持ってきた絵巻から目が離せなかった。

＊＊＊

今日はアリリアナさんとお昼を一緒に食べる約束の日だ。

友達と二人っきりで食事って、すっごいドキドキする。

魔法文字で教えてもらった喫茶店に到着。ちゃんと木製のドアの上には目印となる、コーヒーカップを眺める帽子を被(かぶ)った黒猫の絵が飾られている。曇りガラスで外からは店内の様子がよく見えないけど、天井からオレンジ色の淡い光が漏(も)れていた。

「ここだ」

「お、お邪魔しま～す」

やっぱり初めてのお店って緊張しちゃう。

でも喫茶店の雰囲気が落ち着いているお陰か、スイーツ店の時ほどではなかった。

「ちょっと早く来すぎちゃったかな？」

店内を見回してみる。アリリアナさんの姿はなさそう。約束の時間までまだ時間があるし当然だよね。席を取って待っていよう。

「ふふ。友達と待ち合わせ♪　友達と待ち合わ――」

「いらっしゃいませ。ご注文はお決まりですか？」

「ひゃっ!?　えっ？　えっと……」

びっくりした。店員さんが来るのが予想以上に早かった。

今の聞かれたかな？　聞かれたよね。うう、恥ずかしい。

「お客様？」

「あっ、注文。注文ですよね」

ど、どうしよう。アリリアナさんが来る前に一人で食べているのって変だよね？　でもお店に入ったのに何も注文しないのも変かな？　せっかく聞きに来てくれたわけだし。そうだ！　一回注文して、アリリアナさんが来る前に食べ切れば良いんだ。それでアリリアナさんが来たらまた注文する。……そんなに食べられるかな？

「あ、あの……コーヒー！　コーヒーをお願いします。それとその、と、友達を待っているのでまた後で注文してもいいですか？」

「勿論です。コーヒーの種類はどうされますか？」

「へ？　しゅ、種類？」

メニュー絵巻に目をやると、本当だ。コーヒーの下に何だか一杯名前がある。え？　コーヒーはコーヒーだよね？　ち、違いが分からない。なのに店員さんがジーッと私を見る。

早く注文しろってこと？　違うよね？　私が気にしすぎなだけだよね？　ああ、でも急がないと。

「じゃあ、その、このエススプレッソで」

「エススプレッソですね。承りました。今お持ちしても大丈夫ですか？」

「は、はい。お願いします」

「少々お待ちください」

そうして店員さんがテーブルから離れていく。私はホッと息を吐いた。

すっごく緊張した。でも、注文もできたし、後はアリリアナさんを待つだけだ。ふふ。アリリアナさん、早く来ないかな。あっ、店員さんが戻ってきた。

「お待たせしました。エススプレッソです」

ち、小さい⁉　予想外のサイズ。危うく声に出しちゃうところだった。何これ？　嫌がらせ……じゃないよね？

店員さんの顔をそっと見たものの、悪意があるようには見えない。じゃあこれが普通のサイズなのかな？　えっ⁉　ここのコーヒー全部？

「あ、ありがとうございます」

お礼を言うと、店員さんは一礼してテーブルを離れる。私は小さいカップを手に取った。まずは一口──

「わっ⁉　美味しい……」

コーヒーの味に詳しいわけじゃない。けれど普段飲んでるコーヒーに比べて格段に美味しい……

気がする。ううん。美味しい。

「……こういうのも悪くないかも」

今までお店って何か食べに来る所だと思っていたのに、周りには飲み物だけのテーブルが結構ある。時間がある時、一息入れるために来るのもいいかもしれない。

私は小さなカップに入ったコーヒーを片手に、のんびりとした時間を楽しんだ。

「あ、いたいた。ごめ～ん。待った？　いや～、ちょっと仕事が長引いちゃったよ。せっかくのランチなのにあんま時間が取れないかも、ごめんね～」

「う、ううん。気にしないで」

しばらくして、アリリアナさんがやってきた。仕事の途中で抜け出してきたからかな？　今日の
アリリアナさん、大人っぽく見える。働く女性って感じだ。

「あっ、コーヒー頼んだんだ。ここのコーヒー美味しいでしょ」

「うん。……よく飲みに来るの？」

「朝と昼と、たまに仕事帰りに飲む感じかな。すみませ～ん。いつものやつお願いします。あっ、
ドロシーさんはどうする？　まだ食べてないよね？」

「えっと……それならアリリアナさんと同じもので」

「りょ～かい。すみませ～ん。今日は二人前でお願いします」

アリリアナさんの言葉に店員さんが笑顔で頷く。気心の知れた間柄って雰囲気だ。

「えっと……お店の人と知り合いなの？」

「ん？　そりゃ毎日来てたら友達になるでしょ」

「そ、そういうものなんだ」

凄い。私はたとえ一年通ったとしてもなれる気がしない。今さっき注文したばかりなのに、もう料理が出てくるし、ひょっとしてアリリアナさんの分を準備していたのかな？

「今日はちょっと遅かったね」

「そうなの。急に一人欠勤になっちゃったから、その分作業が増えちゃって」

「あら、それは災難」

そう言って店員さんがサラダとコーヒーをテーブルに置く。それを見て、思わず声が出た。

「あれ？」

「ドロシーさん？　どうかした？」

「う、ううん。何でもない」

話の邪魔しちゃ悪いかなと思ってそう言ったものの、テーブルに置かれたコーヒーカップ……何？　このサイズは。さっきのは小さかったのに、今度のは凄く大きい。どうしてこんなにサイズが極端なんだろう？

アリリアナさんにとってこのサイズが普通なのか、コーヒーの蓋を格好よく片手で開けるとそのまま水みたいにガブガブ飲んじゃってる。今の開け方、私もやってみたい。今度練習しておこう。

「そっちの子は友達？　初めて見る顔だけど」

「そう、最近大親友になったドロシーさん。ドロシーさん、こっちはナオさん。ここのベテランさん。ナオさんが淹れてくれたコーヒーは特に美味しいからドロシーさんはラッキーなんだよ」

「ドロシーです。初めまして」

さっき店員さんとして接した人に改めて挨拶するのって、ちょっと変な感じ。……私もナオさんと友達になれるかな？

「ナオだよ。アリリアナの友達ならサービスするから贔屓にしてくれると嬉しいね。ん？　ドロシー？　って、ひょっとしてドロテア家の？」

「え？　そうですけど……あの、どうして知ってるんですか？」

「ここには魔法学校の生徒や卒業生もよく来るからね。ドロテア家の天才姉妹の話はよく話題になってるよ。何でも妹が半端なく凄いんだって？」

「はい。アリアは、その……凄いです」

ナオさんに悪気がないのは分かっていても、アリアの話題ってやっぱり苦手。どうにかして話を変えられないかな。

「ナオさん、アリアちゃんも凄いけど、ドロシーさんも超凄い感じですからね。何せ私の命の恩人ですから」

「そうなの？」

「い、いえ。そんな大層なものでは……」

「そうなんです。それと悪いですけど、今日はドロシーさんといちゃつきたいので……」

「ああ、そうだね。ごめんごめん。つい長居しちゃったよ。それじゃあ向こうにいるから用があったら遠慮なく呼んでね」

「あ、はい。ありがとうございます」

手を振って去っていくナオさん。何だかすっごく不思議。最初に話した時は店員とお客さん以外の何者でもなかったのに、アリリアナさんが間に入っただけでかなり距離が縮まった。私やアリアなんかよりも、アリリアナさんのほうがずっと凄い魔法使いだ。

「それじゃあドロシーさん、本当は色々な話をしたいんだけど、生憎と時間もないし、ここは一番気になる話題を振るね。あっ、嫌なら答えなくていいからね」

そう言いながら、アリリアナさんは物凄い勢いで口の中にサラダを放り込んでいく。

「うん。でも話題って？」

「ズバリ聞くけどさ、レオ君とはどんな感じなわけ？」

「……どうって？」

何だろ？　勉強の進捗状況を聞きたいわけじゃないよね。

「勉強を教えることにしたんでしょ？　しかも二人っきりで。年の近い男女が密室に長時間二人っきり。これで何も起こらないはずがない。いや、むしろ起きてほしい！」

多分だけどこれ、恋愛的なことを言ってるのかな？

「まさか、相手はレオ君だよ？」

「いやいや。レオ君、なかなかの好物件じゃん。メルルの弟だけあって顔はいいし、魔力も高いし、あとは身長さえあればモテモテ間違いなしな感じでしょ」

身長はあれくらいのほうが可愛いと思うけど、レオ君が気にしていたら悪いし、口には出さないでおこう。

「確かにレオ君は格好いいと思うよ？　でも試験に受かりたくて私を頼ってくれたのに、そんな目で見るわけにはいかないよ」

「真面目だな～。じゃあ脈なし？」

「ありません。あっ、でもよかった。それでアリリアナさんに聞きたいことがあったんだけど」

「まさか、愛のないエッチについて？　ドロシーさん、舌の根も乾かないうちに」

「ええっ⁉　ち、違うからね？　そんなんじゃないからね？　ただ、男の子と二人っきりになるのって普通のことだよね？　あ、勿論知らない人じゃなくて、友達、友達の男の子と」

「あ～。なるほど察したわ。……ドロシーさん」

サラダを完食したアリリアナさんがフォークを置く。心なしか目が真剣だ。

「う、うん。何？」

「その話題はじっくり話したいから今度にしよう。ただ言えることは、レオ君はもういいとしても、他の男とそんな気軽に二人っきりになっちゃダメな感じだからね。よく言うでしょ？　男は狼って」

「言う……かな？」

「言います。っていうか時間だ。ごめん、もう行くね。お金置いておくからドロシーさんはゆっくり食べていって」

コーヒーとサラダの正確な値段は分からないが、テーブルの上に置かれたお金はそれよりも多いと思う。

「そんな、悪いよ」

「いいから、いいから。もしもどうしても気になるようなら、次はドロシーさんが奢ってよ」

「う、うん。分かった。絶対奢るから」

「楽しみにしてる。じゃあ、またね」

「バ、バイバイ」

忙しなく店を飛び出すアリリアナさん。私はそんなアリリアナさんが見えなくなるまで手を振り続けた。ちょっとだけ温くなったコーヒーを飲み干す。

「これからどうしようかな」

友達とお喋りできて楽しかったし、このまま帰るのは勿体ない。

「……せっかくだし、寄ってみようか」

この間ガイド絵巻で確認したお店『クリスタル』。確かここからそう離れていなかったはずだ。

私は席を立った。

第十章　邂逅

「うわぁ～。やっぱり綺麗な外観」

アリリアナさんとランチを食べたお店から少し歩き、私は目的のお店を発見した。

透明な壁で構成された三階建ての小さなお城。

「名前の通り『クリスタル』で作られてるのかな？　だとしたら凄い技術」

外から店内が見えているのに、角度によっては見えない場所があり、多分見える部分と隠す部分が計算されている。一応魔法建築の資格も持っているものの、これと同じものを作れる気がしない。

「世の中凄い人が一杯。……そうだよね。アリアだけが天才じゃないんだよね」

そんな当たり前のことを実感する。よし、早速中に入ってみよう。

私は『クリスタル』の入り口に真っ直ぐ進んで……そのまま通り過ぎた。

「お、お洒落なお店って何か緊張する。……普通に入っていいんだよね？」

喫茶店とは違って中に入ってこれを買おうと決めていないせいか、気後れしちゃう。そうだ！　まずはお店に入る人を観察してからにしよう。不審に思われたくないので散歩している振りをしながら。うん。そうしよう。

ちょっと観察してみた結果、皆、普通に入っていくことが分かった。やっぱり予約など特別な手続きは必要ないんだ。……当たり前だけど。

「どうしてアリリアナさんみたいにできないかな？」

アリリアナさんならきっとこういうお店にも気負いなく入っていくに違いない。それに比べて私は……。不甲斐ない自分にため息が出る。

「落ち込んでても仕方ないよね。……よし、行こう」

私は意を決してクリスタルでできたお城に足を踏み入れた。

「いらっしゃいませ。本日はどのようなものをお求めですか？」

お店の中に入ると、割とすぐに店員さんが話しかけてくる。……どうして私だけ？　周りにもたくさん人がいるのに。

ひょっとしてキョロキョロしすぎ？　怪しい奴だと思われた？　違うんです。このお店が初めてで勝手が分からないだけなんです。

「えっと……その、これが欲しいというのは特になくて、何があるか見て回ってる、か、感じです」

「左様ですか。一階は美容関係、二階は健康関連になっております。分からないことがありましたらお声掛けください」

「わ、分かりました。ありがとうございます」

二階。絶対二階だ。どうりで一階には綺麗でおしゃれな女の人が一杯だと思った。彼女達みたいな美人さんと私なんかが肩を並べて美容関係の商品を見るなんて、絶対に無理。化粧の仕方だってよく分からないのに。最後に化粧をしたの何時だっけ？　そうだ。王子との会食の時だ。それ以降全くしていない。……そういえば、アリリアナさんが今日やけに大人びて見えたのって、ひょっとして化粧のせいなのかな？　やっぱり化粧をするのが普通？　分からない。分からないけど、とにかく二階に避難しよう。

階段を発見し、急いで上る。二階は一階とは打って変わって男性客が多い。というか男性も女性も同じくらいの割合だ。ホッと息を吐く。

「よし。それじゃあ改めて見て回ろうかな。……ん？　あれ？　あれって……」

ちょっと離れた所に、何かの商品をジッと見つめている少年がいた。炎のようなあの赤い髪。間違いない。あれは――

「レオ君だ。何を見てるんだろ？」

真剣な表情で商品を見ている。どうしよう？　邪魔しないほうがいいのかな？　でも友達と会えたのに何も話さないのは変だと思うし。

お店で友達を見かける。こんなシチュエーションが私に訪れるだなんて、嬉しい。嬉しいけど、正解が分からない。話しかけるのと、あえて話しかけないの。どっちが正解なんだろう。

「私だったら……」

話しかけてもらえるほうが断然嬉しい。むしろ話しかけられなかったら悲しい。……よし、話しかけてみよう。

レオ君に近付く。彼は全然私に気付かない。私は小さな肩をそっと叩いた。

「レオ君」

「え？　えっ⁉　ドロテアさん⁉」

「偶然だね。何してるの？」

「別に⁉　ちょっと見てただけだ」

凄(すご)い勢いでレオ君は商品を棚に戻す。もしかしなくても邪魔しちゃったのかな？　話しかけないのが正解だった？

「そうなんだ。えっと、それじゃあ私は適当に見て回るつもりだから、その、ま、またね」

「あっ、ドロテアさん」

「ん？　どうかした？」

「いや、その……べ、勉強で分からないところがあって。それで、その、歩きながらでいいから話せないか？　いや、勿論(もちろん)迷惑だったら断ってくれていい」

よかった。レオ君、怒っていないみたい。

「全然迷惑じゃないよ。それに、このお店初めてでちょっと緊張してたんだ。レオ君は？　このお店、結構来るの？」

「いや、俺も来るのは初めてだな。姉貴がいい店って言うもんだから、近くを通りかかったついでにどんなものか寄ってみたんだ」

「レオ君、行動範囲広いんだね」

オオルバさんのお店に寄ってくれた時も近くをたまたま通りかかったと言っていたし、まるで王都を庭にでもしているみたい。

「ま、まぁな。でも、そういうドロテアさんだって似たようなもんだろ。お店からここまでそこそこ距離があるのに足を運んでるし」

「私もレオ君と同じでメルルさんにこのお店のこと聞いたの。それで近くまで来たついでに寄ってみたんだけど……あれ？　私達まったく同じだね」

二人して似たような理由でここにいるなんてびっくりだ。

「そ、そうだな。あ、じゃあドロテアさんは特に目当てのものとかはないのか？」

「ん～。これが欲しい、ってのはないかな」

本当はちょっぴり化粧品とかオシャレ関連に興味があるんだけど、一階の客層を見た後だと、今日じゃなくてもいいかなって思っちゃう。

「レオ君は？　何かないの？　欲しいもの」

「いや、別にないな。……うん。ないぞ」

「そうなんだ」

その割にはさっき何かを一生懸命見ていた気がするけど、それについては聞いてほしくなさそうだし。よし、触れないでおこう。

「あの、お客様」

「はい？　私達ですか？」

レオ君と二人で話していると、店員さんに呼びかけられた。店員さんの後ろには小瓶を並べた棚が並んでいる。その内の一つ、七色で装飾されたカラフルな小瓶を、店員さんが手に取った。

「よろしければ、この香水を試してみませんか？」

「香水、ですか？」

香水といえば大人の女性がつける、あの香水のこと？　どうしよう、凄く興味ある。

「はい。この香水は特殊な魔力をブレンドしており、体に吹き掛けると、幻覚や混乱、認識阻害に強い抵抗力をつけられます」

「へー。スゲェな。冒険者用の商品てことか？」

冒険者は仕事上お風呂に長時間入れない時があるみたいだし、香水って確かに売れそうだ。

「確かに元々は冒険者様のために開発された商品ではありますが、一般のお客様でもお買い求めくださる方がたくさんいらっしゃいます」

「あの、幻覚や認識阻害に強い抵抗って話でしたけど、幻覚に既に掛かっている人にその香水を掛けたらどうなるんですか？」

「断言はできませんが、通常であれば解除されるはずです」

「凄いんですね」

そこまで便利な魔法薬を置いているなんて、このお店、オシャレなだけじゃなくて品揃えもいいのかも。……オオルバさんのお店ほどじゃないけど。

「でもさ、そんな便利な香水だと高いんじゃないのか？」

「お値段はこちらです」

「わっ。ゼロが一杯」

店員さんが見せてくれた値札にはゼロがたくさん並んでいた。宝石を売ったお金があるので一応買えないことはない。ないんだけど、冒険者でもないのに買う必要ある？　と自問したくなる値段だ。レオ君もどこか呆れ顔で店員さんを見る。

「アンタな、こんな大金、俺達が持ってるように見えるか？　声かける相手間違えてるだろう」

彼の言う通りこの商品をすすめるなら、私達のような若輩者ではなく、もうちょっと年配の方に声をかけるべきだと思う。

「それは……あら？」

店員さんも自分のうっかりに気付いたのか、不思議そうに首を傾げている。

「と、とにかく。お試しで一度使ってみませんか？　魔法薬としては勿論、純粋に香水としても、とてもいい商品なんですよ」

「俺はパス。香水とか興味ないから」

「あっ、私はその……っ、使ってみたいかも」

レオ君が意外そうな顔になるのがちょっと恥ずかしい。でも、こんな珍しい魔法薬兼香水を体験できる機会を逃したくない。

「それでは手をこちらに出してもらってもよろしいでしょうか？」

「は、はい」

お店で香水を試すなんて初めてでドキドキしちゃう。流石にこの香水は買わないけど、記念に安いのを一つくらい買っていこうかな。そう考えていると、店員さんが私の手首に香水をシュッと振りかけてくれた。途端――パリン！

「へ？」

「お、おい。何だ今のは？」

私の体が香水に反応して一瞬瞬き、続いて何かが壊れたような音がした。

「あの、店員さん。今のは？」

魔法薬の正常な反応かどうか聞きたいのに、店員さんは何故かボーとしている。

「店員さん？」

「………………え!?　ド、ドロシーお嬢様!?　何故ここに!?」

「はい？　えっと、すみません。どこかでお会いしましたか？」

そういえば彼女の顔、よく見れば見覚えがあるような？

「あ、あの。私はこれで失礼させていただきます」

そう言うと、店員さんはさっさとどこかに行ってしまった。

「何だったんだ？　あれ？」

「さぁ……分かんない」

私とレオ君は去っていく店員さんの背中をただ見送る。何だか狐につままれた気分だ。しばらく待ってみたものの、結局店員さんは戻ってこなかった。

「本当に何だったんだろうな」

「何か用事でも思い出したのかな？」

「いくら何でも突然すぎじゃないか？」

「うん。そう……だよね」

考えれば考えるほど、店員さんの行動は謎すぎる。でもあの香水は凄いと思った。

そういえば香水を腕にかけてもらったんだっけ。どんな感じかな？

「わっ、いい匂い」

「そんなにか？」

「うん。ほら」

「……まぁ確かに悪くはないな」

あれ、反応がいまいちだ。アリリアナさんなら賛同してくれそうなのに。レオ君、香水に興味がないって言ってたっけ。

「ドロテアさんはこういうの好きなのか？」

「んー、好きって言うか、前々からどんなのか気になってて。それで、まぁ、そんな感じかな」

「なら二階よりも一階のほうが見てて楽しいんじゃないか？　ほら、一階なら美容関係だし、香水だってもっと手頃な価格のがあるだろ」

「それはそうだけど……。あのおしゃれ空間にちょっと気後れしちゃって」

「え？　女子なのに？」

「じょ、女子とか関係ないからね。私なんかがあんなおしゃれ空間に入ったら絶対浮いちゃう」

「そんなことないだろ。あれだよな、ドロテアさんって結構人の目気にするよな」

うっ。その自覚はちょっとある。でもそれって普通じゃないかな？

「じゃあこうしようぜ。俺が一階の商品を見て回るから、ドロテアさんはそれに付き合ってくれよ。これなら浮くのは俺だからドロテアさんは周りの目を気にせず商品を見れるだろう？」

「え？　でも、化粧品とか、レオ君が見ても面白くないでしょ？」

「そんなことないぜ。さっきみたいな面白い魔法薬とか置いてあるかもしれないし、医療第四種を受ける際の勉強にもなるだろ」

レオ君、私に気を使ってくれているのかな？　だとしたら遠慮するのも悪いよね。それにやっぱりちょっと見てみたいって気持ちもあるし。

「ほら、何してるんだよ？　行こうぜ」

「う、うん」

そうして私はレオ君と一緒に一階へ下りた。


「――レオ君、荷物持ってもらわなくても大丈夫だよ」

「別にこれくらい平気だ。それよりもいいのか？　結構買ってたけど」

今、レオ君が持ってくれている紙袋は、私の買った商品でパンパンに膨らんでいた。

……ちょっと買いすぎちゃったかな？　店員さんがあまりにも親身になって色々教えてくれるものだから、言われるままに買ってしまった。

「ま、まぁ普段買わないものだし。たまには……ね」

「それならいいけど。それよりも、あのおっちょこちょいな店員にはまいったよな」

「私とレオ君を姉妹だと思った人？」

「普通間違えるか？」

レオ君は理解できないって顔だが、私は店員さんの気持ちが少し分かる。レオ君は小柄で顔も中性的だから、見方によっては女性に見えなくもない。

「あの店員さんも悪気があったわけじゃないと思うよ？」

「別に怒ってないし。ただなぁ……やっぱ身長か？」

うっ、答えづらい質問だわ。質問、なのかな？　でも何も言わないのも変だし。

「えっと、やっぱりもっと身長欲しいの？」

「うん？　いや、別に今まではそんなに気にしてなかったんだが……」

レオ君がチラリとこっちを見てくる。何だろ？　今までってことは今は違うってことだよね？

何かあったのかな？

「どうしたの？」

「あ、いや、ドロテアさんはどう思う？　俺くらいの身長って」

「私は別に気にならないかな。むしろ可愛いと思う」

「可愛いって……」

「あっ!?　ち、違うの。そういう意味じゃなくて、えっと、その……」

「焦りすぎ」

レオ君がクスリと笑った。普段は仏頂面が多い少年が見せたその表情に、何故かちょっとだけドキリとする。

「お、怒ってない？」

「全然。馬鹿にしたわけじゃないんだろ？」

「ば、馬鹿になんて……。するわけないよ」

「なら怒る理由なんてない……ん？　ドロテアさんが住んでるお店ってこっちでよかったっけ？」

あれ？　てっきりレオ君がこっちに用事があるんだと思っていた。

「ううん。オオルバさんのお店は反対方向だよ」

「だよな。何でこんな所に来たんだろ？」

私とレオ君がいるのは人気のない裏通り。周囲にはお店どころか人っ子一人いない。

「悪い。話に夢中になりすぎてたみたいだ。引き返そうぜ」

「うん。そうしよ――」

「ふん。今の今まで上手く隠れていたものだから少しは腕をあげたのかと思えば、所詮出来損ないは出来損ないか。こんなにも簡単に引っかかるとはな」

突然上がった声に、心臓が口から飛び出すかと思った。

この声……振り返らなくても分かる。背後にいるのが誰なのか。ど、どうしよう。突然すぎて心の準備が……

「何だ？　アンタ」

「さぁ、もう十分我儘を楽しんだだろう。これ以上私の手を煩わせるな。家に帰るぞ、ドロシー」

振り向くと、そこには酷く冷たい目をした、お父様がいた。

「ど、どうしてここにお父様が？」

帰る？　まさか私を連れ戻しにきたの？　でもどうして今更になって？

「む？　やけに上手く隠れているかと思えば……なるほど、貴様ではないのか。だが、誰が？」

お父様は現れるなり不思議そうに眉根を寄せる。けど、それはこっちがするべき顔だと思う。

「まぁいい。何者の仕業かはいずれ分かるだろう。それよりも何をしている？　さっさと帰るぞ」

はい。お父様。

今までの私ならそう答えていたと思う。でも今は――

「私は……私は帰りません」

「何だと？」

お父様の視線が氷柱のように鋭く冷たくなって、それだけで体が強張って動けなくなった。

こ、怖い。今更だけど婚約破棄をした時の私って凄かったんだ。あの時の怒りパワーをもう一度再現できないかな？

「もう一度言ってみろ、ドロシー。私は帰ると言ったぞ。お前はそれに何と答える？」

「か、帰りません。私のことは、もう放っておいてください」

「どこまでも手間の掛かる娘だ。縛れ氷の縄。『氷縛』」

「え⁉」

嘘っ⁉　いきなり実力行使⁉　だ、駄目。急すぎて反応できない。

「阻め炎の壁！　『ファイヤーウォール』」

「レ、レオ君⁉」

レオ君の放った炎がお父様の氷のロープを焼いて退けてくれる。

凄い。レオ君は魔力が高いほうだと知っていたけど、治癒魔法のように相手を気遣う必要がなければここまでの威力になるんだ。

「……小僧。貴様は何だ？」

ここで初めてお父様がレオ君を見た。まるで今気付いたと言わんばかりに。

「俺はドロテアさんの友達だ」

「その友達とやらが何故私の邪魔をする？」

「そんなのドロテアさんが嫌がってるからに決まっているだろう。ただの話し合いならともかく、力尽くでどうこうしようってのを見過ごせるかよ」

そう言ってレオ君が私の前に出る。いつもは可愛いく見える背中が、やけに頼もしく感じた。

「身の程知らずの小僧が。私はドロテア家の当主だぞ。貴様如きの魔法が通用するとでも思っているのか？」

「アンタがどこの誰とか関係ないね。ドロテアさんを傷つけるってんなら、俺が許さない」

「レオ君……」

あのお父様に正面から言い返せるなんて凄い。だけど……

「駄目！　お父様は凄く強いの。勝負なんてするべきじゃないよ」

お父様は私とアリアの師匠。その実力を、私は嫌というほどよく知っている。

「関係ないね」

なのに、レオ君は全然引き下がってくれなくて。えっと、えっと、これって……ど、どうしよう？

「ふん。これだから下賤の者は。ドロシー、これが最後通告だ。大人しく私と屋敷に帰れ」

一触即発な空気。レオ君を巻き込むわけにはいかないし、ここは一旦帰るべきなのかな？　でも、たとえ形だけでも、ここでお父様に屈したくはない。

「お断りします。私、今楽しいんです。家を出て正解だと思っています。だから……だからお父様のもとには帰りません」

「小娘が。……仕方あるまい。ならば少しだけ遊んでやろう」

お父様が手に持っている杖で地面をトンッと突く。空中に氷の鷹が四体生まれた。鷹は冷気を纏う翼を大きく広げ、私達目掛けて襲いかかってくる。

「レオ君、レオ君は逃げて」

「絶対嫌だ。阻め炎の壁！　『ファイヤーウォール』」

再び炎の壁が私達を守ってくれた。でも、今度はさっきのようにはいかない。氷の鷹が炎の壁を巧みにかわして向かってくる。

わ、私が迎撃しなきゃ。当たるかな？　ううん。絶対当てる。

「雷よ、敵を撃て！　『サンダーショット』」

やった！　全弾命中だ。けれど、お父様も負けてはいなかった。

「ふん。命尽き果てても剣を振るえ。『フローズンナイト』」

今度は氷の騎士が三体。さっきの鷹よりも見るからに硬そう。盾持ってるし。

「炎よ、敵を撃て！　『ファイヤーショット』」

レオ君が放った炎の弾丸が氷の騎士に直撃する。しかし、盾で炎を受けた氷の騎士はびくともせず、構わずにこちらに向かってきた。

「風よ、敵を斬り裂いて！　『ウインドカッター』」

私は風の刃で騎士の足を壊す。自重でもうあの騎士は動けない……はず。

「小癪な真似を」

お父様が忌々しげに舌を鳴らした。

……何だろう？　この違和感は。お父様の魔法の展開がちょっと遅いように感じる。昔はもっと圧倒的な差だったのに。

「降り注げ氷の時。『ブリザードミスト』」

今度は氷の魔力を纏った霧が襲ってくる。今までで一番大規模な攻撃だ。でもこれなら——

「レオ君、一緒に」

「分かった」

「『阻め炎の壁！　『ファイヤーウォール』』」

私とレオ君、二人で放った炎がお父様の氷の霧を防いだ。

「チッ。無駄なことを」

お父様が魔法に魔力を込める。でもどんなに力を注いでも、氷の霧は私とレオ君の炎を突破できなかった。

やっぱりだ。やっぱりお父様との間に昔ほどの差を感じない。私が成長した？　それもあると思う。でもそれ以上にお父様が記憶にあるよりもずっと弱い。どうして？

「……そういえば」

歳をとるごとにドロテア家の権力拡大に腐心するようになったお父様。そんなお父様が最後に魔法の修業をしているのを見たのって、いつだったかしら？

まさかとは思うけどお父様、修業をサボりすぎて腕が鈍ってる？

「少しはやるようだな」

何でもないふうを装って杖を構え直すお父様の顔色は、お世辞にもいいとは言えない。まるで魔力欠乏症の前兆みたい。

「おい、アンタ。今の氷の霧は魔力を使いすぎだ。少し休め」

レオ君もお父様の体調の変化に気が付いたようだ。戦闘の最中に相手の心配ができるレオ君って素敵だと思う。本当は娘の私が最初に言わなくちゃいけなかったのに。もしかして私って結構冷たい人間なのかな？

「……貴様、貴様如きの未熟な魔法使いが何を上から目線でものを言っている？」

「は？　上とか下とか関係ないだろ。そもそもアンタ、ドロテアさんの親なんだろ。こんな力尽くで言うこと聞かせようとしてないで、もっと話し合えよ」

「その物言いが上からだと言うのだ」

お父様の体から威圧するように放たれる魔力。それは普通の人なら体が竦んで動けなくなるほど強烈だ。だけど――

「すげーな。でも……」

レオ君は全然威圧されていない。ううん。私もだ。

お父様の魔力は一流と呼ぶに相応しいものなのに、あまり怖くない。

「あっ、そうか」

脳裏に蘇るのは、人の体を食い破る恐ろしい魔物。そして、その魔物を前にしても当然のように勝つんだろうなと確信させる天才の後ろ姿。あの恐怖と、あの才能と比べたら、お父様のはただの一流が放つ普通の凄みでしかない。多分、レオ君も同じように感じているんだと思う。

「ドロテアさんのほうがずっとスゲー」

「え？　私？」

いや、アリアのことかな？　……そうだよね？

「何だ？　まさか貴様、この私よりもそこの出来損ないのほうが優れているとでも言う気か？」

「そう言ってるだろう」

あれ？　やっぱり私のことを言っているの？　でも私のほうが凄いというのはちょっと言いすぎなんじゃ……って、そんなことを考えている場合じゃない。

「ふん。殺さないように手加減してやれば勘違いしおって。いいだろう。見せてやろうではないか、ドロテアの血脈の力を。生まれつき存在する、どうしようもない格差というものを」

お父様の魔力が地面に巨大な魔法陣を描く。それを杖でトンッと突いた。

「来たれレギオン。氷の軍勢よ。『蹂躙氷軍』」

レ、レギオンマジック!?　戦術級魔法じゃない。お父様、街中で何てものを。

次々に現れる氷の兵士達。その数は三十を超えている。でも、戦術級魔法にしては規模が小さいような？　街中だから流石に抑えているのかしら？　それとも――

「おい、アンタ。その体調でそんな魔法を使うなんて無理だ。やめとけ」

お父様のあの顔、やっぱり魔力欠乏症を起こす寸前なんだわ。

「……ふん。蹂躙せよ」

氷の軍団が向かってくる。数は五十くらい？　か、勝てるかな？

「阻め炎の壁。『ファイヤーウォール』」

レオ君の作り出した炎の壁が氷の兵士達を阻むものの、兵士達はそれを乗り越える。

「雷よ、敵を撃て！　『サンダーショット』」

私は雷を放ち、氷の兵士達を打ち倒した。これは私の魔法が強いというよりも、レオ君の炎で氷の兵士達が弱っていたからできたことだ。つまり私とレオ君が力を合わせれば、お父様の魔法を打ち破れる。

「レオ君、私がトドメを刺すから、レオ君は炎でお父様の氷を少しでも溶かして」

「任せろ！　炎よ、敵を撃て！　『ファイヤーショット』『ファイヤーショット』『ファイヤーショット』」

す、凄い。この威力の魔法を立て続けに撃てるなんて。レオ君、ひょっとして治癒よりも攻撃魔法のほうが適性があるんじゃあ……って、いけない。いけない。今は目の前の魔法に集中しないと。

「雷よ、敵を撃て！　『サンダーショット』」

レオ君の炎で弱体化した氷の兵士達を魔法で撃ち砕いていく。

いける！　レギオンマジックの使用でお父様にはもう余力がない。この魔法を凌ぎ切れば間違いなく私達が勝つ。私とレオ君ならそれが可能だ。

馬鹿みたいに机に向かった日々で手に入れた知識が、この盤面での私達の勝率を弾き出した。九割以上。勝負は既に付いている。そう確信したからこそ――

「ふん。だから貴様は出来損ないなのだ」

お父様のその一言は、やけによく耳に響いた。

「「誘え安息の園へ！　『スリープ』」」

四方八方から襲いかかってくる魔法。お父様の攻撃に集中していた私とレオ君は、突然のそれをかわせなかった。

「うっ!?　ね、眠い？」

「クソ！　これは……」

気を抜くと今にも瞼が落ちそう。近くでレオ君が膝をつくのが分かる。

「ドロテア家当主のこの私が貴様ら如きと同じ土俵で戦うと、本気で思ったか？」

頭上からお父様の声。多分、魔法を放ったのはお父様の高弟達だ。お父様は密かに高弟達で私とレオ君を包囲していたんだ。

「さて、このまま連れ帰ってもいいが、万が一にも私より優れているなどと勘違いされては不愉快だな。だからドロシー、今から行うのは教育だ」

バコッ！

「きゃっ⁉」

け、蹴られた。多分氷の兵士に。痛い……のに、眠い。駄目だ、立っていられない。

「いたっ⁉　や、やだ。やめて！」

ボコ、バコ。

倒れた私を氷の兵士達が取り囲んで蹴ってくる。

痛い。それに怖いよ。

「これで分かったか、貴様は私には逆らえんのだ。逆らってはならんのだ」

恐怖がジワリと込み上げてきて、私は目を閉じ体を丸めた。お父様に逆らうなんて、私が馬鹿だったのかな？

弱気と共に心に隷属の鎖が忍び寄ってくる。これに捕まればもう二度と自由にはなれない。そう確信させるそれを――

「ふざけるなぁあああ!!」

猛る炎のような雄叫びが吹き飛ばした。

「何だと!?」

攻撃がやむ。恐る恐る目を開けてみると、太陽みたいに眩い炎を纏った少年が、私を守るようにお父様の前に立ち塞がっている。

「小僧、その力は……」

「ドロテアさんを泣かせるんじゃねぇ！　深紅の怒りよ、吹き荒れろ！『ファイヤーストーム』」

レオ君の放った炎が周りにいる氷の兵士達を一掃して、お父様を吹き飛ばす。あのお父様が無様に地面を何度も転がった。

「す、凄い。レオ君って本当に……」

格好いいな。

とっても頼りになる小さな背中。それをもっと見ていたい。

そう思うのに、複数の術者が放った魔法が私を抗うことのできない眠りの園へと突き落とした。

第十一章　ゲッシュ

あれ？　ここはどこだろう？

目を開けると薄暗い部屋の中にいた。見覚えがあるような、ないような。ダメだ。酷く頭が重い。

ジャラ。

「え？」

何、今の音？　腕のほうから聞こえたような？

「嘘⁉　え？　な、何で？」

腕と足に鎖？　やだ、どうしてこんな状況に？

心臓が飛び跳ねて、一気に覚醒する。途端、思い出した。

「そ、そうだ。私、確かスリープの魔法を受けて、それで、それで……」

戦いの最中に眠っちゃったんだ。

「レオ君⁉　レオ君は⁉」

『スリープ』の魔法を受けて尚、私を守ってくれた小さくも頼もしい後ろ姿を思い出す。強力な炎の魔法を使っていたし、眠りの魔法がきっかけとなって大怪我をしていないか心配だ。

「これを何とか、は、外さないと」

レオ君の所に行けない。その思いで色々試してみるものの、どれだけ力を込めても鎖はビクともしなかった。

「この鎖……ロジックストーンが使われてる」

魔法に強く、純粋魔力による運動ではなかなか変形しないことで有名な物質。魔力の収束を妨げる効果もあるので、魔法使いの拘束によく用いられるものだ。

「ストーンの比率が高い。ダメ、魔法を上手く使えない」

ロジックストーンは対魔法使いとして非常に有用で、当然需要も多く、供給がそれに追いつかない程度には希少だ。だからロジックストーン入りと称してその実、全体の数パーセント程度しか使われてない拘束具は珍しくないのに、残念ながらこれはそうじゃないみたい。

「もう、外れて！　外れてよ!!」

やけになって鎖をガチャガチャやっていると、私を閉じ込めている部屋のドアが開いた。現れたのは――

「お、お父様」

ホッ、と吐き出しそうになった息を慌てて呑み込む。私ったら、お父様の顔を見て安心するなんて。で、でも仕方ないよね？　この状況で知らない男の人とかが入ってきたら絶対怖いし。

「私の高弟達の魔法をあれだけ浴びておいてもう目が覚めたか。アリアには到底及ばないとはいえ、少しはドロテアの人間らしいところもあるようだな」

言葉とは裏腹に、お父様の視線は凄く冷たい。でも今はそんなことよりも気になることがあった。

「お父様、レオ君は⁉　レオ君は無事なんですか？」

疲労が回復しきっていないお父様の顔色を見る限り、戦いからそれほど時間は経ってなさそう。

多分数時間？　それくらいだと思う。お願いレオ君、無事でいて。

「あの生意気な小僧か。ふん。まさかと思うが貴様、あの小僧とはそういう関係なのか？」

「そういう関係？」

「奴とまぐわったのかと聞いている」

「まっ⁉　な、何を言ってるんですか⁉　違います！　違いますから‼」

な、何で私とレオ君がそんな……。というか、お父様とこんな話をするのが嫌すぎる。

「そうか。貴様がまだ生娘であるのは都合がいいが、どうせドロテアの血脈に迎え入れるなら、地位だけある無能なクズよりも、下賤の出とはいえ才気に溢れた者を迎えたいものだ」

「そんなことよりもレオ君です。レオ君はどうしたんですか⁉」

こんな時でも私を道具としか見ていないお父様。掴みかかりたいくらい憎たらしいのに、鎖が邪魔で何もできない。

「奴なら散々暴れた後、意識を失ったぞ。周囲の魔法は処理した後だったので、恐らく死んではいないだろう」

「恐らくって、そんな無責任な」

「この私に身の程知らずにも挑んできたのはあの小僧だ。本来なら手討ちにするか、罪人として城に突き出すところを放置で済ませてやったのだぞ。貴様は損得勘定もできぬほどの無能なのか？」

初めに襲ってきたのはお父様なのに、そんな言い方ってないと思う。でも、ここでお父様と口喧嘩しても仕方ない。

「それで、私をどうする気ですか？　戦いの前にも言いましたが、私はもうドロテア家には帰りません」

「強気だな、それほど貴様の協力者は有力ということか。ふむ。興味深い」

私の協力者？　お父様は何を言っているのだろう？

「別に力尽くで従わせてもいいが……」

物騒なその言葉に、大勢の氷の兵士に蹴られた恐怖が蘇る。

「面倒だな。それに無能王子にくれてやる前に傷を付けすぎるのもまずいか。故にここは一つ、ゲッシュを立てて勝負しようではないか」

ゲッシュ。それは、制約魔法を使った魔法使い同士の誓い。ゲッシュで結ばれた契約は破れば罰則が訪れ、場合によっては命の危険もあり得る。

「お前が私に勝てば自由にしてやろう。今回のように力尽くで連れ戻すことは二度としないと約束する。何なら資金援助をしてやってもいい。仮にもドロテアの血を引く女が安宿で困窮に喘ぐ姿は、私も見たくはないからな」

「……私が負けた場合は？」

「王子と結婚しろ。何、王妃になるのが嫌なら子供だけ作ればいい。その事実さえあれば、後はこちらでどうとでもしてやる」

「そんなこと……できません」

ゲルド王子と子供を作る？　以前は受け入れていた未来ではあるのに、今は想像しただけで鳥肌が立つ。

「断るのか？　それなら貴様は魔法で眠らせて王子にくれてやろう。子供を作るだけなら貴様の意思は必要ないからな」

「なっ!?　ほ、本気で言ってるんですか？」

「喜べ、ドロシー。貴様のような未熟者がドロテアの未来に貢献できるのだからな」

「そんなの喜べるわけがありません」

「だから貴様は出来損ないなのだ」

ダメだ。分かっていたことだけど、まるで話が通じない。もう！　この鎖さえ外れてくれれば。

ジャラ、ジャラと鎖がまるで嘲笑うかのような音を立てる。

「無駄だ。どれだけ暴れようが、その拘束具は貴様如きには破れん。さぁ選べ。ゲッシュを結んだ決闘を行うか？　それとも事が済むまでこのまま寝ておくか？」

寝てる間になんて嫌すぎる。でも今更お父様を説得できるわけがないし。

「……分かりました。その勝負お受けします」

「では決闘のルールだが、今から一週間以内に貴様が一歩でも屋敷を出れば貴様の勝ち。出られなければ私の勝ち。それでいいな？」

「そ、そんなルール……」

私を捕らえているお父様のほうが圧倒的に有利だ。

「安心しろ。小細工ができるよう、食事などの必要なことを除いた時間は一人にしてやる。もっとも、ここを貴様が独力で脱出できるとは思わんがな」

今頃になって、私がいるのはお父様の屋敷、その地下だと分かった。普段殆ど来ない部屋だから全然気付かなかった。

「それでは私が部屋を出れば勝負開始だ。いいな、一週間だぞ」

「まっ――」

ガチャリ！　とドアが閉められる。

「もう、嘘でしょう!?　少しはこっちの話を聞いてよ」

最近毎日が楽しくてほぼ忘れていたのに、お父様と話していると屋敷にいた時の不満と鬱屈が蘇ってくる。

ジャラ、ジャラ。ジャラ、ジャラ。

ダメ、どんなに引っ張ってもびくともしない。私の手のほうが痛くなってきちゃった。

「どうしよう……急がないと」

この勝負に負けるわけにはいかない。それに、あのまま放っておかれたレオ君のことが気になる。

幸い人通りが少なかったとはいえ、意識を失ったのは街中だ。余程運が悪くなければ最悪の事態になることはないと思うけど……

「大丈夫だよね？」

私は窓から差し込んでくる月の光を見上げた。彼は今、どうしているのだろうか。

＊＊＊

「くそ！　くそ！　何がドロテアさんを守るだ。結局俺はまた……」

地面を叩く。何度も何度も。分かっている。八つ当たりだ。こんなことしても何の意味もない。

「ハァハァ……クソ！　落ち着け。大丈夫。大丈夫なはずだ」

ドロテアさんを攫ったのは彼女の家族だ。連れ去られても酷い目に遭うとは考えにくい。……というか、そんなこと考えたくもなかった。

「どうする？　どうすればいい？」

親父か姉貴にでも相談するか？　でも相手はあのドロテア家だ。魔法貴族と讃えられ、王族とも親しい名家に下手なことをしたらどうなるか。

「客観的に見たら、親が子供を連れ帰っただけなんだよな」

だが、あんな強引な方法で子供を連れ戻す奴がまともなわけがない。ドロテアさんを助けに行くべきだ。だが、それに家族は巻き込めない。

「一人で……できるか？」

そして、それは許されることなのか？　立場。家族。将来。様々なものが自然と天秤にかかり、躊躇が生まれる。しかしそれは、自分でも驚くほど一瞬だった。

一度家に戻って手紙を置く。勘当してほしい。手紙にはその旨を記した。
こんなこと意味があるのか分からないが、捕まった時のことを考えるとしないよりはマシだろう。
次に、将来必要になった時のためにコツコツ貯めていた金を全部引っ張り出して家を出る。
ひょっとしたら、もう二度と戻ってこられないかもしれない。そう考えると心臓がヤバイくらいに暴れる。なのに足は一度たりとも止まらない。このままドロテアさんを助けに行こう。いや、その前に……

「武器だ。武器がいる」

魔法使いの屋敷には、結界を含めた様々な防御魔法が仕掛けられているのが普通だ。俺一人が素手で忍び込んでもドロテアさんを見つける前に捕まってしまう。

「どこか開いてる魔法店はないのかよ」

もうすっかり夜も更(ふ)けてきた。可能性が低いことは分かっていたが、とにかく今は知っている魔法店を片っ端(かたっぱし)から当たるしかない。

「クソ！　どうして今日に限って」

——早仕舞いが多いのか。いつもならまだやっていてもおかしくない店まで閉まっている。

「ついてない。明日に……いや、駄目だ。今夜だ。今夜助けてみせる」

一日待っている間にドロテアさんに取り返しのつかないことが起こったら後悔してもしきれない。だから絶対今夜中にドロテアさんを助け出したかった。
開いてる魔法店を探して街中を走り回る。気付くと俺は、見覚えのある店の前に立っていた。

「ハァハァ……ここは……ドロテアさんの住んでる？」

確かオオルバ魔法店。ここならもしかして。

藁にも縋る思いで店のドアに手を伸ばそう――としたところで、向こうから勝手に開く。

「よく来たね。入りな」

そう言って俺を出迎えたのは、この店の主であるオオルバさんだった。

彼女は俺よりもずっと身長が低いが、常に空を飛んでいるのでどんな時でもすぐに目が合う。銀色の瞳はどこか神秘的で、その落ち着いた眼差しは、まるで今日俺がここに来ることを見通していたかのようだ。

「あの、実は……え？　ちょっと？」

こちらの事情も聞かず、オオルバさんはさっさと店の奥に行ってしまう。

「何なんだ？」

俺は慌ててその後を追った。

店を閉めた後だったのだろう。店内は異様なほど暗く、オオルバさんの放っている淡い光だけが、店が完全な暗闇に落ちるのをすんでのところで阻んでいる。

「遅れるんじゃないよ。ここでハグれたら私でも見つけるのが難しいからね」

呟くようなオオルバさんの声がやけにハッキリと耳に響いた。でも……難しい？　店の中なのに。

いや、でも確かにこの店の闇は尋常ではない。最初に見えていた壁や棚も今は全く見えず、まるでここには俺とオオルバさんしか存在していないかのようだ。あまりの暗さに、闇の中から無数の何かが俺を見ている、そんな気さえしてくる。

『怖いか？』

「えっ!? あの、今何か言いましたか？　……オオルバさん？」

だがオオルバさんは振り向かない。心なしか俺との距離が開いていってる気がする。

まずい。こんな所に置いていかれたら……

俺は走った。ところが、どんなに急いでもオオルバさんとの距離は縮まらない。

『怖いか？』

また声がする。一体何なんだ。怖いかだって？　ああ、怖いね。怖くて、怖くて、今すぐに家に帰って布団を被って寝てしまいたいくらいだ。

『では、何故そうしない？』

そんなの決まってる。俺がこうしている間にもドロテアさんが危険な目に遭っているかもしれない。その不安のほうが、この闇の何倍も怖いからだ。

『その結果、闇に命を落とすことになっても後悔しないのか？』

そんなの分かるか。でもここで何もしなければ絶対に後悔する。それだけは分かっているから。

だから……だから俺は逃げない。絶対にドロテアさんを助けてみせる。

――パッ、と突然目の前が明るくなった。

「え？」

周囲を見回してみる。白い小部屋。部屋の中にはオオルバさんと一本の剣だけがあった。

「どれにも選ばれないんじゃないかってヒヤヒヤしたよ。しかし……よりにもよってこいつか。坊やも大概厄介な星の下に生まれたようだね」

「えっと……すみません、何のことだか」

というかこの部屋は何だ？　急いでドロテアさんの所に行かないといけないのに、もう随分と時間をかけてしまった気がする。

「あの、俺……」

「そいつを持っていきな」

「この剣をですか？」

「そうだよ。そいつは今この店にある中で坊やが使える最強の剣だ。そいつを坊やにやるよ」

いや、やるよと言われても。確かに武器は欲しかったが、何の説明もしてないのに、こちらの都合のいいようにトントン拍子に話が進んで逆に不安だ。

「この剣……」

どうしてだか、不思議と気になる。俺は台に立てかけられた剣を手に取ってみた。

全ての光を呑み込むかのような真っ黒な鞘。そこから現れた刀身は――

「真紅の刃」

俺の呟きに応えるかのように、紅き刀身を包む空気が熱で揺らいだ。

「そいつは炎の魔剣。中には強力な魔神が住んでいるが、まっ、今の坊やじゃ呼び出すことはできないだろうね」

その言葉でハッとなる。剣なんか大っ嫌いなはずなのに、その刀身のあまりの美しさについ見とれていた。

「炎の魔剣って……正式な名称はないんですか？」

魔剣は非常に珍しいものではあるが、炎の能力を持った魔剣なら世にそれなりの数存在する。これほどの魔剣ならば、この剣自体を指す名があっていいはずだ。

「言っただろう？　中にいるってね。知りたきゃそいつに聞くんだね」

俺は両刃の剣を覗き込む。すると炎を思わせる刃の向こうから誰かが俺を見つめ返した。そんな錯覚(さっかく)に襲われる。

「……あの、少ないですがこれを」

「あげると言っただろう。お代ならいらないよ。でもまぁ、この金額ならこいつをやろうかね」

袋に入れていた全財産が消えて、代わりに俺は一枚のマントを握っていた。

「へ？　今のどうやって。いや、それよりもこれは……」

「妖精のマントさ。それを頭から被(かぶ)れば姿を隠せるよ。まっ、坊やの持ってきた額が額だし、それほど強力な品じゃないんだけど、目隠しくらいにはなるだろうさ」

「あ、ありがとうございます」

強力なものじゃない？　手から伝わってくる魔法の気配はそうは言っていない。それにしても妖精か……

「何だい？　妖精に何か思うところでもあるのかい？」

「え？　いや、ただ妖精ってよく分からない存在じゃないですか。それで気になっただけです」

出てくる物語によっては幼い赤子をお遊びで入れ替えたり、悪戯で人を殺したりと、かなり凶悪な存在として描かれる一方、英雄を導いたり、人と一生を添い遂げたりと善良な存在として描かれもする。数ある神格種の中で最も人に近くて、もっとも理解に苦しむ種族。

俺が持つ妖精のイメージは大体そんな感じだ。

「ふん。妖精からしたら、きっと人間のほうがよく分からない生き物だと思うよ」

「そんなものですか？」

「そんなものさ。それよりもいいのかい？　急がなくて」

「あっ⁉」

オオルバさんの言う通りだ。何を暢気に話しているんだ、俺は。

「あの、剣とマント、ありがとうございます。俺、もう行かないと」

「ああ、行っといで。嬢ちゃんを頼んだよ」

「はい」

駆け出す。不思議と帰りはオオルバさんなしでも戻れた。そのまま魔法店を飛び出したところで、はたと気が付く。

「あれ？　そういえば俺、ドロテアさんのこと説明したっけ？」

口をついたその疑問に、どこかで小さな羽音が応えた気がした。

＊＊＊

「よし決めた。今夜だ。今夜逃げよう」

今日の月はやけに綺麗だけど、だからってこのままボーっと窓の外を眺めていても仕方がない。

考えてみれば、私とレオ君を同時に相手にして、お父様はかなり疲弊（ひへい）しているはず。つまり逃げ出すなら今夜が最大にして、きっと最後のチャンスだ。

「鎖さえ外せれば、あの窓から脱出できそう。……ん？　あれ？　そういえばここって地下じゃなかったっけ？」

窓から入る月明かり。その光景があまりに自然すぎて違和感に気付くのが遅れた。

「幻覚……なのかな？　それとも……ううん。何にしろまずはこの鎖をどうにかしないと」

ロジックストーンがふんだんに使われたこの鎖を外さないことには、脱出どころか、部屋の中の移動さえままならない。

「今の私の魔法じゃあ、この鎖を破るのは難しいかな。ストーンの魔力拡散を超える収束率を発生できれば。でも私の使える魔法でそんな強力なものは……あっ!?」

あるかも。でもあの魔法は……ど、どうしよう？　悩む。凄（すご）く悩むけど。

「……レオ君、今行くからね」

とっくに誰かに助けられた後かもしれないが、このまま彼を放置できない。

「よし。やろう」

自分でも驚くほど簡単に決意が固まった。深呼吸をする。

「スーハー、スーハー」

よ、よし。やるわよ。絶対やる。本当にやるんだから。

意を決して私は唱える、本来聖者にしか許されぬ魔法を。

「光よ！　始まりの輝きよ！　闇を払って道を示せ。『破邪光』」

もう二度とゴメンだと思っていた激痛が再び私の全身を苛む。

「ぐ、あっ⁉　う、ううっ」

血が出るほどに強く唇を噛んで、意識が遠のきそうになる痛みを堪える。

早く、早く外れて。私の放つ魔法は地下室を明かりで一杯にし、そして――ガシャン！　と音を立てて鎖が地面に落ちた。

「ハァハァ……やっ、やった。やっぱり……ハァハァ……ひ、光魔法は最強ね」

い、痛すぎる～。もうやだ。光魔法でついた傷は治りにくいし、よく見ると手首が鎖の形に焦げちゃってるし。あっ、ダメ。とても動けそうにない。

「ちょ、ちょっとだけ休憩しよう」

地面に蹲って痛みが去るのを待つ。でもあまり時間はかけられないし、もう立ったほうがいいかな？　ううん、もうちょっとだけ、もうちょっとだけ、やす……んでいる暇はないわよね。

「行かなきゃ」

立ち上がる。たったそれだけで腕がズキリと痛んで泣きそうになるものの、冷たい夜道に一人で倒れているかもしれないレオ君のことを思うと、いつまでも弱音を吐いてはいられなかった。

「これくらい。どうってことないんだから」

氷の兵士に襲われていた私を助けてくれたレオ君。今度は私が彼を助ける番だ。

「まずはこの窓を」

触れた感じは普通の窓みたい。

「開けると……あれ？　普通に外だ」

てっきり窓を開けたらただの壁に戻るかと思っていた。

「幻覚じゃないのかな？」

慎重に窓の外に手を伸ばしてみる。すると――

「わっ⁉　び、びっくりした」

私の右手がまるで水面に沈むように空中に呑まれた。

「これってまさか……」

部屋の中を見回してみる。まったく別の場所にある壁から私の腕が生えていた。

「閉鎖空間。この部屋自体が空間的に閉じてる？　ううん。地下なのに窓があるから、閉じてるんじゃなくて空間がズレてる？」

完全に外界から遮断した空間を維持するのは難しい上に、空気の問題もある。お父様の目的は私を閉じ込めておくことなので、この部屋は完全に閉じているのではなくて、空間を歪曲させて迷路のようにしているのだろう。

ならば理論上は外に繋がる空間があるはずなんだけど、今の感じだと、窓やドアのような本来なら外へ続く空間はこの部屋に戻るよう調整されているみたい。つまり外に出るには……

「壁を壊せばいいんだわ」

多分壁に穴を開けてそこから出ても空間のズレで変な所に出ると思う。でも、少なくともこの部屋に戻ってくることはない……はず。

「他に方法もないし、物は試しよね。雷よ、敵を撃て！　『サンダーショット』」

雷が壁に激突し、四方に飛び散った。

「弾かれた⁉　今のは……」

結界。それもすっごく強力なの。多分、空間歪曲を利用して、ドロテアの屋敷を守っている大結界をこの部屋にも適応させたのだ。大結界は土地の地脈を使って発動される、常時展開型の結界魔法では最硬クラス。おそらく私の魔法では、光魔法を使っても壊せない。これがあるから、お父様はあんなに自信満々だったんだ。

「どうしよう」

一瞬でもいいので誰かが大結界に穴を開けてくれたらそれに便乗できるが、そんな都合のいいことが起こるわけがない。

本当にこれ、どうしよう。

＊＊＊

「クソ、どうする？」

オオルバさんが売ってくれた妖精のマントのお陰で、俺はすんなりとドロテアさんの家の前まで来た。

流石(さすが)に有名な貴族の屋敷だけあってメチャクチャでかい。庭を突っ切ってくるだけで息が上がりそうになる。さて、問題はこの屋敷に掛かっている結界だ。

「大結界……だよな？　これ」

地脈の力を使って発動する最高レベルの結界魔法。何らかの魔法防御が施(ほどこ)されているだろうとは思っていたが、まさか城にだって掛けているか怪しいレベルの魔法が出てくるとは。

「ここもダメか。どこか入れる所はないのか？」

施錠は完璧。仕方なく窓ガラスを見つけては壊そうとしてみるが、何をやっても悉(ことごと)く跳ね返される。多分、こっそり忍び込むのは無理だ。

「……使うか？」

炎の魔剣。これならあるいは……。問題は使ったら絶対に侵入がバレることだ。

できるならバトルなんかせず、誰も傷付けずにドロテアさんを助けたい。

「どこかほかに……いや、無理か。無理だな」

もう結構見て回った。このまま屋敷の周りをウロウロしても時間を浪費するだけだ。

剣の柄(つか)を握った。刃を抜けば戦いの火蓋(ひぶた)を切ることになるだろう。だがいいのか？　本当にこれで。俺は治癒使いを目指しているはずだろ。剣を持って屋敷に殴り込む人間なんて、俺が一番嫌いな人種じゃないか。

自分の行動が信じられない。信じられないけど……でも、仕方ないよな。

自分を犠牲にしても皆を守ろうとする、強くて綺麗な人。あの時からずっと彼女が俺の心を占めている。苦しいくらいにこの胸を締め付けてくる。

「あの人を、ドロテアさんを守りたいって、そう思っちまったんだから。だから……」

力を貸せよ！

「炎の魔剣‼」

抜き放った深紅の刀身が炎を放ち、夜の闇と強固な結界に守られた屋敷を斬り裂いた。

「おいおい。やっておいて何だけど、マジで壊せるのか。なんて威力だよ。だけど……」

屋敷の明かりがパッとついて、あちらこちらで人の気配がし始める。

「そうなるよな」

俺は妖精のマントを頭から被って姿を消した。隠れなくても今の威力、この剣を持っていれば無敵だ。だが、その威力が問題だった。

「ああ、くそ。ダメだ。人には使えない」

鞘に戻して簡単に刃が出ないよう、そして鞘をつけたまま振るえるよう、ロープでぐるぐる巻きにする。あんな威力の剣を人に向けたら、その気がなくても相手を殺してしまう。

ドロテアさんは必ず助ける。だからって人殺しになるつもりはない。

「中に入っちまえばこっちのもんだ」

すれ違う奴らは誰もマントで透明になった俺に気付けない。ドロテア家の門弟なら全員が一流の魔法使いのはずなのに、やっぱりこのマントはスゲー。

「これならドロテアさんを助けられる」

けど、どこを探せばいい？　やっぱり地下室とかそんな感じの場所か？　それともドロテアさんの自室？　分からないから、屋敷のそれっぽい所を片っ端から調べてみるしかない。

うちの病院よりも大きな屋敷を探索する。その途中、魔法で作られた擬似生物『式神』に何度か捕捉されかけた。だが、相手が人間じゃないなら構うことはない。こちらの場所を完全に捕捉される前に鞘に入った魔剣で思いっきりぶっ叩いたら、それだけで簡単に倒せた。

「よし、いいぞ」

いける。向こうは俺を捕捉する手段が限られている。式神は厄介とはいえ対処できないほどじゃないし、このままドロテアさんを——その時、屋敷の人間の声が耳に入った。

「おい、虚数空間を使うらしい。全員キーを所持しているか今すぐ確認しろ。巻き込まれたら助からんぞ」

……何だ？　あそこの奴、今何て言ったんだ？

ちょっと距離があるせいで聞き取れなかったものの、スゲー嫌な予感がする。周りを見回すと、俺を探し回っていた奴らが探索をやめて、それぞれ何かを確認していた。あれは……ペンダント？

遠くてハッキリとは見えないが、六芒星のペンダントみたいなものを取り出している。

「何だ？　拙いか？」

直感に従って走る。当然だが、門弟達が追ってくる気配はない。捕捉されたわけじゃないんだ。なのに嫌な予感は全然消えてくれない。むしろ大きく確かなものへと変わっていき――突然廊下の壁が光り出した。

「な、何だ⁉」

壁だけじゃない。床や天井も光っている。眩いばかりの光の放射の中、それらを発する人工物に何かが浮かび上がる。

「文字？　魔術文字か」

魔力で描かれた特殊な文字。魔法陣と似たような効果を発揮するもので、確か魔法トラップにも用いられることがあると授業で習った。……ヤバイ？　いや、ヤバイなこれ。命の危機をスゲー明確に感じる。悔しいが一旦外にで――

「うおっ⁉」

光が爆発して俺を呑み込んだ。それで、それで――

「ぐっ⁉　い、息が⁉」

できない。周囲の様子も変わっている。ドロテアさんの屋敷じゃない。どこかに跳ばされたのか？　いや、そんなことよりも、息が、息ができない。

「がぁ⁉　う、ぐううっ⁉」

ヤバイ。これ本物だ。殺意を込めた、本物のトラップだ。どうする？　どうすれば。

「ガァぁああ!!」

無我夢中で魔剣を振るった。意味がない行動だと分かっている。だけどもう他に手がない。

「がはぁ!? ハァハァ……へっ!?」

突然肺に酸素が送り込まれてきた。いや酸素じゃない。空気の代わりに何かが俺の体を満たしている。

「何だ？ 急に。まさか……お前が？」

魔剣の刀身と柄（つか）の間に埋め込まれている紅い宝石が、淡い光を発していた。他に誰も助けてくれる人がいない以上、つまりはそういうことなのだろう。

「ありがとな」

声を掛けると、紅い宝石がそれに応えるように瞬（またた）く。剣の中には魔神が住んでいるとオオルバさんが言っていた。彼は案外いい奴なのかもしれない。

「さて、こっからどうするかだな」

酸欠で死ぬのは防げたが、魔法で作られた空間が消滅する気配はない。

「常時展開型？ 大結界と同じように地脈の力を使えば不可能じゃない……のか？」

こんな規模の空間を作って維持するなんて、たとえ地脈という膨大な力の源があったとしても普通じゃない。この空間を作った奴は掛け値なしの大天才だ。

「流石（さすが）は魔法貴族ってところか」

これが予想通り常時展開型であれば時間経過での消滅は期待できない。

魔剣を背負い直した俺は、移動を開始した。

「……まぁ、そう簡単には出られないよな」

行けども行けども、どこまでも続く長い廊下。果ては見えないし、横道もない。

ヤバイな、これ。出られる気がまるでしない。

「と、くれば頼れるのは……」

背中の魔剣だけ。こんな得体の知れない空間で強力無比なこれを使えばどうなるか、少し不安だ。

「他に手が思いつかない以上、やるしかないか」

背負った剣の柄(つか)を握る。

「人がいないのが不幸中のさいわ――」

「何してるの？」

「うぉっ!?　は？　えっ!?」

不意に話しかけられ、スゲーびびった。驚きすぎてマジで心臓止まるか、と。

「ど、どうしてここに人が？　ってか、アンタ……」

銀色に輝く髪と瞳。その顔はあまりにも整いすぎていて、男とか女とかそういった次元を超越している。目もくらむような美人とは、まさに彼女のことだろう。

「アリアさん……だよな？　ドロテアさんの妹の」

「何をしているの？」

アリアさんは俺の質問に答えなかったが、これだけの美女を見間違うはずがない。彼女はアリア・ドロテア。ドロテアさんの妹だ。

「聞いてくれ。俺はドロテアさんを助けに来たんだ。手を貸してくれないか？」

「……私を助けに？」

アリアさんは不思議そうに小首を傾げた。

「あ、ちがっ、そうじゃなくて。ドロシーさん。俺はドロシーさんを助けに……って、え？　な、何だよ？」

頬に当たる指は氷のようにひんやりとしている。

……何でこの人いきなり俺の頬を触ってるんだ？　かと思えばスゲー顔を近付けてくるし。

互いの息がかかるような距離。そんな距離で見てもアリアさんの美しさには欠点一つ見当たらない。毛穴とかそういった生物臭さが全く見えないのだ。……本当に同じ人間なのか？　魔法で作られた人形だって言われたら素直に信じてしまいそうだ。

「綺麗な瞳。太陽みたい」

「それは……どうも？」

分からない。この人、一体何がしたいんだ？

ふと、アリアさんの視線が、俺の背負っている炎の魔剣に止まる。そしてまるで自分のものであるかのような自然さで、彼女はその柄に手を伸ばした。途端――

ボッ!!　と白い人形のような手が炎に包まれる。

「なっ!?」

「……面白い」

う、嘘だろ⁉　アリアさんの右手が焼け焦げて煙を上げている。もしかしなくても魔剣のせいか？　スゲー罪悪感。オオルバさん、こんな危険性があるなら、せめて一言欲しかった。

「み、見せてくれ」

とにかくまずは治療だ。俺はアリアさんの腕を見る。かなり酷い。確実に熱傷は皮下組織まで及んでいる……III度熱傷。俺のヒールで治せるか？

「癒しの風。安らぎの光。不浄を祓いて再び肉体に活力を。『ヒール』」

全力のヒールを発動。可能な限りの治癒を行うけど……クソ、駄目だ。治せない。少なくとも跡が残る。アリアさんは女性なのに……せめて痛みだけでも消せるといいんだが。

アリアさんは怒っているのか銀の瞳でジーッと俺を見ている。と、思うと唐突に腕を引いてヒールの効果範囲から出ていった。

「おい、まだ治療は終わってないぞ」

『ヒール』

たった一言。それだけで時間が巻き戻ったかのように、アリアさんの手から火傷の痕跡が消える。

「……スゲェ」

何という魔法の威力。以前見た時も凄いと思ったが、今回は俺でも使える魔法を使っているせいでよりハッキリと理解できた。目の前の女性の圧倒的なまでの才能が。

「あっちよ」

「え？」

「あっち」

アリアさんが指差す。その先を視線で追うと、一体どういうことなのか、先程まではなかった横道が廊下にできていた。

「何だこの道？　ここから脱出できるのか……っていない!?」

どこに消えた？　いない。どこにもアリアさんがいないぞ？

「……何だったんだ？」

まるで妖精の悪戯にでもあったかのようだ。

「幻覚魔法……じゃないよな？」

分からない。考えても答えは出てこなかった。とにかく今はこの道を進むしかない。廊下自体は今までと何ら変わらない変哲のないもの。

誰もいない空間に俺の靴音だけが響く。やがて——

「大広間……か？」

俺は廊下の端からそっと中を覗いてみた。

「おいおい。冗談だろ？」

でかい。メチャクチャ巨大なゴーレムが自身の体に負けない巨大な剣を背負って立っている。その額には紫の光を放つ宝石がつけられ、俺は何故かそれが無性に気になった。

「ひょっとしてあれがこの空間を維持する要？　それであのゴーレムはその守護者？」

そう考えるのは短絡的か？　でも、あれだけの重装備のゴーレムを、本来生物が生存できないこの部屋に配置しているのには、それなりの理由があるはずだ。

「だからって、あんなのに勝てるか？」

見ただけで伝わってくるヤバさ。あれは、炎の魔剣を持っているからといって確実に勝てる相手ではない。足が震えた。

「クソ。今更ビビんなよ」

魔剣に巻いたロープを解く。命のやり取り。そんな行為をしなければならない現状に、目眩と吐き気がする。唯一の救いは命を懸けるのは俺だけで、相手がゴーレムということだな。

「大丈夫だ。勝てる。絶対勝てる」

自分が真っ二つにされる嫌なイメージを振り払う。代わりに脳裏に浮かぶのは――

――ドロテアさん。

「やってやる。やってやる！　うぉおおおお‼」

そうして俺は魔剣を引き抜くとゴーレムに向かって一直線に駆け出した。

第十二章　対決

「ぐわっ⁉」

「ご、ごめんね」

魔法で意識を奪ったジローさんを、私は危ない倒れ方をしないように支えた。けど……お、重い。

慎重に、慎重にジローさんを床に寝かす。

「他にはいないよね？」

周りを見回して、ホッと息を吐く。地下から脱出すると、目の前にいきなりお父様の高弟である
ジローさんがいたのだ。驚いちゃったけど、何とか怪我をさせずに眠らせることができた。

できれば屋敷の人達とは戦いたくないから、脱出するまでもう誰とも会いませんように。

「室内だし。床に寝かせたままでも大丈夫だよね？」

後ろ髪を引かれる思いはあるものの、ジローさんをそのままにして、私は屋敷の一室と思われる
部屋を出た。

「えっと、ここは西館の三階……かな？」

何だか妙に騒がしい気がする。ひょっとしてもう私の脱出がバレたのかな？

「ちょっと早すぎる気もするけど、とにかく窓から脱出し……キャッ⁉」

突然廊下、いや屋敷全体が光り出した。そこかしこに浮かび上がる魔術文字。これって……

「鬼門⁉　な、何で？」

屋敷に仕掛けられている中でも特に危険な魔法トラップ。ドロテア家の直系である私や、お父様から『キー』を渡されている門弟の人達以外がこの屋敷にいると、空気のない閉じた空間に強制的に送られる。

「侵入者？　このタイミングで？」

脳裏に赤い髪の男の子が浮かんだ。

「ち、違うよね？」

このトラップに引っ掛かったのがもしもレオ君なら……。その想像に血も凍るような感覚を覚える。

「違う。絶対レオ君じゃない」

鬼門が発動するのは侵入者が危険だと判断された時だ。レオ君は確かに強かったけど、ここにはお父様や門弟の人達がたくさんいる。仮にレオ君が私を助けに来てくれたとしても、致死性のトラップを発動される展開にはならないはずだ。なのに、心臓が早鐘を打つ。

「と、とにかくまずは外に出ないと」

勝負に勝って、そしてお父様に鬼門を発動した理由を聞いてみよう。

私は窓に手を伸ばす。その途端、トプン！　と、空間に右手が沈んだ。

「嘘⁉　どうして？」

他の窓は？　廊下にあるいくつかの窓で試してみたが、結果は同じだった。

「地下と同じ現象？　それならもう一度壁を壊せば……雷よ、敵を撃て！　『サンダーショット』」

よし、ここの壁は普通に壊せた。あっ、でも音を聞きつけて誰かがこっちに来る。急がなきゃ。

「これくらいの高さなら魔法を使えば大丈夫そう」

私は壁に開けた穴から外へ飛び出した。

なのに、落ちた先は外ではなくて屋敷の廊下だ。

「……何てしつこいトラップなの」

えーと、ここは……西館？　西館の二階ね。

「ドロシーお嬢様!?　どうやってここに？」

「え!?　あっ！」

ど、どうしよう見つかっちゃった。

「おい、どうした？」

「何だ？　何があった？」

次々に門弟さん達がやってくる。そして皆、私の顔を見るなり、ちょっと困った顔をした。

今の内に実力行使するべきなの？　ううん。それよりも話し合いで解決できないかな？　分からないけど、一応試しておこう。

「あの、私屋敷から出ていきたいんです。見なかったことにしてくれませんか？」

「申し訳ありません、ドロシーお嬢様。お部屋にお戻りください」

駄目だ。取り付く島もない。お父様の弟子なんだから当たり前と言えば当たり前だけど、やだなぁ、顔見知りと戦うのって。

「あの、私、本気なんです。邪魔しないほうがいいですよ」

「承知しております。そしてご安心ください。我らも本気です」

全然安心できないことを言って、門弟の人達が少しずつ距離を詰めてくる。殆ど接点がなかった人ばかりで実力がどれほどなのか知らないが、皆強そう。勝てるかな？

兎にも角にも私は魔力を練った。

「一度だけ忠告します。無駄な抵抗はおやめください。アリア様ならばともかく、ドロシー様では我ら全員を相手にはできません」

あ、今の言葉で少しだけ迷いが消えたかも。

「雷よ、敵を撃て！『サンダーショット』」

「大気よ叫べ！『ウインドショット』」

私の放った雷と門弟が放った風の弾丸がぶつかる――その寸前、空間が波打った。

「え!?」

「なっ!?」

何これ？　どうなっているの？　激突するはずだった二つの魔法がいきなり現れた空間の波に呑まれる。そして消えた魔法の代わりに現れたのは――

「アリア!?」

「アリア様!?」

突然現れた妹は、さっき私がしたように廊下をキョロキョロと見回す。

「どうしてここに？」

今の、ひょっとして空間転移？

「貴方、鬼門の中に入ってたの？　……な、何よ？」

アリアは何を言うでもなく銀の瞳で私をジーッと見つめた。この子のこんな態度はいつものことだが、これだけは答えてもらいたい。

「レオ君。レオ君を見なかった？」

もしも鬼門の発動がアリアの悪戯なら、レオ君が巻き込まれたのではないだろう。状況を考えるにその可能性は高いように思えるけど、こればかりは確認せずにはいられない。

「……レオ？」

「そう、レオ君。赤い髪の男の子で見た目は十二、三歳くらい。あっ、でも本当は十六歳だし、見かけよりもずっと頼りになるんだよ」

アリアは応えない。ただ私を見つめてくる。

「アリア様、ご当主様よりドロシー様は見かけ次第捕獲せよと命令が出ております。その、くれぐれもお姉様に協力するような真似は――」

「夢幻に誘え。汝は幻想に舞う花。『桜羽』」

「アリア様!?」

「ちょ、ちょっとアリア!?」

私や門弟さんが慌てるのなんてお構いなしに、アリアは体から凄まじい魔力を放った。

桜色の蝶が屋敷を舞う。それは魔法で作られた擬似生命体。作り物とは思えない。ううん、作り物だからこそ放てる幻想的な美しさをもって、蝶が廊下を埋め尽くしていく。キラキラと雪のように降り注ぐ蝶の鱗粉を浴びた者は例外なく倒れていった。

「って、わ、私も?」

強烈な睡魔に襲われて、視界がクラクラする。だ、駄目。立っていられない。

妹の魔法で情けなくも床に膝をつく。そんな私を、アリアはいつもの感情を感じさせない瞳でジーッと見つめている。そして唐突に背中を向けた。

「ま、待って！　レオ君は？　レオ君には会ってないんだよね？」

「歪曲空間のルールに従って部屋を脱出したでしょ。だから、そのルールが今も適応されてる」

「え？」

「出口は玄関。そこを通れば元通り」

「あ、ちょっと？　アリア!?」

質問にちゃんと答えなさいよね！

ムカッとした感情で睡魔を払った私は、何とか妹を引き止めようとしたのに、その姿は無数の蝶の中に紛れてすぐに見えなくなった。

「まったくあの子は」

相変わらずよく分からない子。多分アリアを理解できる日は一生来ないんじゃないかと思う。

「でも久しぶりに普通に話せてちょっとだけ……嬉しかったかも」

そんなふうに感じている自分にびっくりだ。

「と、とにかく玄関に向かわなくちゃ」

歪曲空間の解除条件が玄関から出ることだなんて、凄い意地の悪いトラップだ。だってこの罠にかかった人が一番目立つ玄関に向かうはずがない。私だって、アリアに言われなきゃ玄関を避けて屋敷中を彷徨うところだった。

「まずは魔力を練って眠気を何とか……うん。大丈夫。これならいけそう」

桜色の蝶はだいぶ少なくなっている。玄関に向かう際、倒れている門弟の人達を何人も見かけた。アリアの魔法、一体どれだけ広範囲に作用したんだろ？

「でも、これなら……」

このまま屋敷を脱出できそう。玄関の前の広いホールには……よかった、誰もいない。

よし、このまま一気に脱出だ。私は駆けてホールを突っ切ろうとした。でも――カツン、カツンという音が聞こえて、足が止まる。

「アリアの助力を得たか。最も勝算の高い手ではあるが、貴様に実行できるとは思わなかったぞ。魔法使いとしては三流でも、そこいらの凡愚に比べれば知恵と行動力があることを認めよう。まぁこの私が教育を施したのだから当然といえば当然の話だがな」

「お、お父様」

上手くいきすぎているとは思っていたけど、やっぱりこうなっちゃうんだ。

カツン!!　と、玄関の前に陣取ったお父様の杖が床を突く。凍えるような冷気が私の体を撫でた。

「選ばせてやろう。私に叩きのめされて地下室に戻るか、それとも己の足で戻るかを、な」

「選ばせてやるって、そんな……そんな選択肢、答えは決まってます」

全身に絡みついてくるお父様の魔力を振り払う。今更こんな威圧なんかに負けないんだから。

「ほう、どうするのだ？」

「どちらも選びません。私はもうお父様の言いなりじゃない。自分の意思でこの屋敷を出ます」

お父様に家を出ると宣言するのもこれで何回目？　三回か四回か、けど多分今回で最後だ。

「どこまで不出来なのだお前は。……まぁ、よかろう。その生意気な態度を改められるよう、この機会にしっかりと教育してやる」

「その前に一つ教えてください」

「……何だ？」

「鬼門の発動理由についてです。アリアの悪戯ですか？」

レオ君が原因のはずはないのに、どうしても気になる。

「正体は知らんが、何者かが屋敷に侵入した。かなり高度な魔法を扱うようで誰も姿を確認できていない。にもかかわらず、多くの式神を屠っている。害意のある危険な相手と判断して鬼門の発動を許した」

「そう……ですか」

実際に誰かが鬼門に掛かった？　それはとてもショックだけれど、それほど強力な魔法使い、やっぱりレオ君じゃないってことだよね？　うん。絶対そうだ。……でもやっぱり。

「あの、鬼門を解除してもらえませんか？」

「ふむ。別に構わんぞ」

「えっ⁉　ほ、本当に？」

てっきり断られると思ったのに、どうしたんだろう？　そういえば今日のお父様、いつもよりも話しやすい気がする。ひょっとしたら戦わなくても話し合いで解決できるんじゃあ――

「冷気よ掴め！『アイスハンド』」

「え？」

ゾワリと肌が泡立つ感覚に押されて、私は咄嗟に飛び退いた。さっきまで私が立っていた地面が一瞬で凍りつく。

「氷縛魔法⁉　お父様！」

「ふん。爆ぜろ‼」

「きゃっ⁉」

凍った地面の周囲で爆発が起こる。氷縛魔法で移動させた熱エネルギーを魔力と酸素で増幅したのだ。突然すぎて魔法での防御ができず、私は何度となく地面を転がった。咄嗟に魔力を纏っていなければどうなっていたことか。

実の娘に対して油断させてからの不意打ち。私が甘かった。お父様は本気だ。早く体勢を整えなくっちゃ。

「凍える大地の狩人よ、来たれ！　『ブルードッグ』」

「た、太陽の守護者よ羽ばたいて！　『レッドフェニックス』」

お父様の式神魔法に対して、式神魔法で対抗する。大きく羽を広げた炎の鳥が、お父様の作り出した三匹の氷の犬と激突しようとする、その瞬間――

「え⁉」

氷の犬達は、私が放った炎の鳥を回避して直接私を狙ってきた。

「え？　ええっ⁉」

な、何でそんなことを？　お父様はどうやって私の魔法から身を守るつもりなの？　もしかして私が魔法を当てないと思っている？　だとしたら大変だ。咄嗟だったから、そんな細かな制御を組み込んでいない。人に向けていい火力じゃないのに。

「冷気よ、全ての運動を阻め！　『アイスブロック』」

私が自分の魔法を止めるよりも先に、現れた氷の壁が炎の鳥を止めた。あの一瞬であの規模の氷を作り出すなんて、お父様すご――

「きゃっ⁉」

突然、腕と足に激痛が走った。三頭いる氷の犬、その内の二頭に噛みつかれたのだ。残りの一匹が私の肩を目掛けて飛びかかってくる。

「こ、異なる力よ反発して！　『アンチエレキテル』」

雷の力で氷の犬をまとめて吹き飛ばしてみたものの、腕と足から血が流れて酷く気分が悪い。

お父様のもとに戻った三匹の犬が私に向かって唸り声を上げる。

「ふん。理解したか？　所詮貴様の力などそんなものだ。貴様は私の言うことを聞いていればいい。それがお前のためでもある」

「まだ負けてません。癒しの風。安らぎの光。不浄を祓いて再び肉体に――」

「悠長に待つと思うか？　行け」

再び氷の犬が襲いかかってくる。

どうしよう。明らかに主導権を握られちゃってる。お父様は対人戦闘の経験もあるのだ。昼の戦いで疲れているはずなのに、私よりもずっと手際がいい。まともにやって勝てるかな？……勝つ？　何を考えているんだ。私の目的はお父様を倒すことじゃない。こうなったらイチかバチかだ。

「灼熱の海よ、大地を流れる赤き血潮よ。全てを呑み込んで！　『レッドイラプション』」

私が現在扱える最大の炎魔法。それが氷の猟犬達を呑み込んでお父様に迫る。

「無駄なことを。冷気よ、全ての運動を阻め！　『アイスブロック』」

瞬時に先程の倍近い氷の壁がお父様の前に形成される。直後、私の放った炎が氷の壁に激突。二つの魔法がせめぎ合い、氷が溶けて水蒸気が発生する。ただでさえ自分の防御魔法で視界が悪くなっているお父様の視野は、これでさらに狭まっただろう。

ここまでは狙い通り。後はこの隙に屋敷を出るだけ。

お父様は戦いで決着をつけたいみたいだけど、私はこの屋敷を出ていきたいだけで別にお父様と戦いたいわけじゃない。だから当初の勝利条件を貫徹する。そのチャンスが今だ。

「雷よ、光に迫れ！　『雷速』」

魔法による身体強化。式神に噛まれた足と腕がすっごく痛い。痛いけど――

「あぁあああ!!」

走る。魔法で加速された私の体は水蒸気に紛れ、雷のような速度でお父様の横をすり抜けた。

やった！　このまま外に――

「愚か者め」

「えっ!?」

私の全身に何かが絡みつく。それはまるで獲物を待ち構えていた蜘蛛の巣のように巧みに私の動きを封じた。

「氷の茨!?　な、何で？　いつの間に？」

全力で暴れてみるものの、『雷速』で加速した私を受け止めた強靭な茨はビクともしない。これほどの魔法をあの一瞬で!?　信じられない。

「何を驚いている？　出口に罠を仕掛けておくなど基本中の基本だろう」

「罠？　それじゃあこの魔法は最初から……」

仕掛けられていたんだ。どうりで魔法の展開が速すぎると思った。

「貴様、こんな初歩的なトラップにさえ引っ掛かる無能の分際で、この私を本気で出し抜けるとでも思っていたのか？　少しはマシになったかと思ったが、やはりアリアには遠く及ばん」

失望に満ち満ちた冷たい眼差し。ああ、嫌だな。全力を尽くした後に向けられるお父様のあの目。凄く、嫌だ。

「まだ負けたわけじゃありません」

幼い頃から向けられ続けたあの目に反抗して体を動かすと、氷の茨が私を傷付けた。

「『氷縛の茨』。本来であれば捕獲と同時に無数の棘で相手にダメージを与える魔法だが、お前を傷物にするわけにはいかんので、最初はあえて棘をしまっておいた。その意味が分かるな？」

お父様が杖で地面を叩くと、茨に生えた無数の棘が皮膚に食い込んでくる。

「ぐ、ううっ⁉　ほ、本気ならもう勝っていたと、そう言いたいんですか？」

「事実私の勝ちだ。それくらいのこと、いかに不出来な貴様でも理解できよう」

否定したいのに、絡みつく氷の茨を振り解けない。

「そもそも貴様、何故私を倒そうとしなかった？　水蒸気を使った目隠しは、貴様にしては悪くないアイディアだった。敵に背中を見せるリスクを負うより、私を倒すほうが確実だっただろうに」

「それは……不必要に傷付ける必要がないなら、それに越したことはないと思って」

お父様のことは苦手でも、暴力でどうこうしたいと思っているわけではない。

「ふん。アリアなら決してそんな情けないことを言わないだろう。分かるか？　貴様は才能以前に、根本的な資質で劣っているのだ」

そうなのかな？　そうかもしれない。でも……

――おい、アンタ。今の氷の霧は魔力使いすぎだ。少し休め。

敵対するお父様を当たり前のように心配していたレオ君。それを私は凄いと思った。お父様やアリアと同じくらい、ううん。それ以上に。

「たとえそうだとしても構いません。だって私はアリアじゃないから。私は……私のなりたい魔法使いを目指します」

お父様みたいな何でもかんでも理屈で割り切った頭でっかちな冷たい魔法使いじゃなくて、レオ君みたいな強くて優しい、そんな魔法使いになりたい。

「嘆かわしい。それでも偉大なるドロテアの血族か？　家柄や伝統の前では個人の意思など取るに足らんと何故理解できん。自分のなりたい魔法使いを目指すだと？　くだらん。くだらん。全くもってくだらん。貴様がなるのは、あの愚かな王子の花嫁よ」

「お断りします。自分の好きな相手は自分で見つけます」

「ほざけ」

「きゃああ!?」

氷の茨がさらにキツく私を締め上げる。

「サ、『サンダーショット』」

「無駄だ。その茨は魔法攻撃を拡散させる。まして詠唱を唱えない魔法などで壊すのは不可能だ。無論。詠唱する隙など与えんがな」

「うあっ!?　うっ、ううっ」

茨が体を締め上げる。い、意識が遠退く。どうしよう。ここで負けたら、もう皆に会えないのかな？　せっかく友達になれたのに。オオルバさんやメルルさん。アリリアナさんにセンカさん。それに、それに――

『それじゃあ勉強見てもらえるってことでいいか？』

レオ君！　そうだ。レオ君に勉強を教えなくっちゃ。だから……

「ま、負けられない！　ぐっ、うっ⁉　ひ、光よ。始まりの輝きよ！　闇を払って道を示せ！『破邪光（はじゃこう）』」

「光魔法だと⁉　ドロシー、貴様……」

術者に激痛をもたらす輝きが、私を縛る氷の茨（いばら）を破壊する。だ、脱出成功。でも急がないと。予想よりも出血が多い。もう何分も戦っていられない。

「雷よ、敵を撃て！　『サンダーショット』」

「冷気よ、全ての運動を阻（はば）め！　『アイスブロック』」

防がれた。でも前回はビクともしなかったのに、今はたった一撃で氷の壁にヒビが入る。平然としたふうを装（よそお）っていても、お父様ももう余力がないんだ。

「『サンダーショット』『サンダーショット』『サンダーショット』」

「ぬうっ⁉」

やった。お父様の防御魔法を壊せた。これでハッキリした。お父様はもう私の魔法を完全に防げない。できる。お父様を殺さずに制圧することが。

「調子に乗りおって。凍える大地の狩人よ来たれ！　『ブルードック』」

また氷の犬。でも前回の三匹よりも一回り小さくて、心なしか迫力もない。その分、数が多いけど……どうしよう？　『レッドイラプション』を使って一気に全部焼き尽くす？　私の魔力ももう残り少ないが、後一回くらいなら放てる。でも……今のお父様があの魔法を防げるかな？　防げなかったら全身大火傷だ。そんなことで悩む私をきっとお父様は出来損ないと呼ぶのだろう。けれど、私はお父様とは違う。私は私のやり方で勝ってみせる。

レオ君、力を貸して。

「あぁあああ‼」

「まさか正面から殴りかかってくるとはな。どこまで愚かなのだ貴様は」

口ではそう言うが、お父様は慌てたように式神をけしかけてきた。お父様も至近距離で魔法を浴びたらまずいと思っているのだ。

襲いかかってくる氷の獣を魔力を込めた拳で殴り飛ばす。だが、全部を相手にしてはいられない。幸い攻撃力は低いみたいだし、何匹かに噛みつかれるのを構わずにお父様までの距離を詰める。大丈夫。王子と結婚させるつもりの私をお父様が殺すことはない。つまり致命傷となる攻撃はないんだ。

体力的にも戦況的にも多分これが最後のチャンス。だから、絶対にこの魔法で決着を付ける。あと少し、もう少しだけ距離を詰められれば……ここだ！

「雷よ、光に迫れ！　『雷速』」

「氷の欠片よ、寄りて一つになれ。変化。『氷縛の茨』」

「え？」

私が魔法を発動させる直前、式神が一瞬で氷の欠片と散った。そしてそれがお父様の目の前で氷の茨に早変わりする。

サッ、と血の気が引く。距離を詰めた後に『雷速』によって加速。そのままお父様を殴り飛ばして勝つつもりだったのに。飛び込むのをやめないと。ああ、ダメだ。発動した魔法が止まってくれない。あの茨に捕まったらもう逃げられない。その確信があるのに、どうしようも――

「ドロテアさんにぃいいい!!」

不意に空間が割れた鏡のように飛び散った。世界が粉々になったかのようなその光景の中心、そこに彼はいた。

「レオ君!?」

「何だと!?」

「手を出すなぁあああ!!」

レオ君が剣を振るうと、城壁のように隙間なくお父様を守っていた茨が残らず砕け散る。

「くっ！　出てこいガーディアン！　ガーディアン!?」

「あぁあああ!!」

雷速発動。景色が後ろに流れていく。この屋敷での日々が何故か脳裏を過った。私は魔法で加速した勢いをそのままに、慌てふためくお父様の顔面に拳を叩き込む。

「ぶぎゃ!?」

右手に伝わる嫌な感触。お父様は何度も何度も床を転がり、最後は壁にぶつかって動きを止めた。

「ハァハァ。や、やった……お父様？」

白目を剥いたお父様は、うんともすんとも言わない。完全なる無防備。今なら私が何をやっても抵抗できない。だから私は――

＊＊＊

「こ、この程度でぇえええええ!!」

跳ね起きると、視界がチカチカと明滅した。何が起こった？　私は何をしている？　……戦い？そう、戦っていたのだ。相手は誰だったか。ドロテア家当主であるこの私に逆らう愚か者は……ドロシー！　そうだ、あの不出来な娘に格の違いを教えてやろうとしたのだった。実際教えてやれるはずだった。だが、だが――

ズキリ！

「ぐっ!?　……これは？」

頭に包帯が巻かれている？　ドロシーの仕業か？　まさかとは思うが治療のつもりなのか？　だとしたら何という――

「ヘドの出る甘さよ」

包帯を力任せに引き千切る。

「愚か者め、この私に勝ったつもりか？」

これ見よがしに開け放たれたままの玄関。なるほど、ドロシーは屋敷を出たのだろう。だがそれがどうしたというのだ。ゲッシュとは口約束ではなく互いの肉体に魔法を掛けて初めて効力を発揮するもの。ドロシーに後ろ盾がいる線が濃厚だったので、あえてすぐにゲッシュを結ばなかったのだ。

案の定、助けが来た。敵の戦力を測れた上にドロシーは勝ったと勘違いしている。そう、これは狙い通りだ。決してこの私がドロシーなんぞに負けたわけではないのだ。

「今からでも追いかけて、そして今度こそ――」

「それはちょっとばかし、大人気ないんじゃないのかい？」

「なっ!?　何だと!?」

見覚えのある女が一人、宙からこの私を見下ろしている。波打つ銀色の髪に炎のような褐色の肌。アリアを一眼見た者は誰もが口を揃えてこれほどの美女は見たことがないと言うが、そのアリアとてこの女の横に並べば年相応の小娘にしか見えぬだろう。

それほどの輝き。それほどの……神秘。

「オオバ、貴様何をしている？　何故今になって現れた？」

「おや、まぁ。何て顔をしてるんだい。貫禄の一つでも身につけているのかと思えば、アンタはあの時のままなんだね、坊や。いや、むしろ退行したんじゃないのかい？」

高みからこちらを一笑し、女はキセルに口付けをした。

「ふざけたことを。わざわざ私をからかいに来たわけではなかろう。言え、何の用だ？」

もしもこの女が害意を持ってやってきたのならば、ガーディアンを壊され魔力が底を尽きかけている今は最悪のタイミングだ。

「ふふ。何て顔をしてるんだい。まさかこの私が坊や如きを襲いにわざわざやってきたとでも？」

この私を如きだと？　ドロテア家当主のこの私を。

「昔のよしみで見逃してやっていれば、口を慎め、オオバ。用がないのなら早々に去るがいい」

「ふふ。坊や風情が大きく出たね。別にいいんだよ？　この私をどうにかできると思っているのなら試してみても」

「くっ⁉」

銀の光を身に纏う女から発せられる魔力の、途方もなさときたら。この私ともあろう者が、まるで蛇に睨まれた蛙だ。

「何て、ね。ふふ。冗談だよ、冗談。ここに来たのは、坊やが今後ドロシー嬢ちゃんにいらないちょっかいをかけないよう釘を刺すためさ。その約束さえしてくれれば、私はさっさと去るよ」

「……ドロシーだと？　どういうことだ？　何故貴様ほどの女がドロシーなんぞを気にかける」

「そんなにおかしなことかい？　可愛い娘が産んだ子供達を気にかけることが。あっ、それと今はオオバではなくオオルバと名乗っているから、そう呼んでくれると嬉しいね」

「……驚いたぞ。貴様にそんな感情があったとはな」

同時に合点が行った。どうりでドロシーが見つからなかったはずだ。この女に本気で匿われていたならば、誰にも、それこそ私でさえも見つけられないだろう。

「おや、その口調だと私達が何なのかもう分かっているようだね」

「ふん。私を侮るなよ」

出会った時は気付けなかった。ただその圧倒的なまでの魔力と美しさに魅せられた。若さという名の熱病。ほんの一時とはいえ、私は愚かだった。だが今は違う。最早そんな愚かな私ではない。

「正体を知っていてあの子を捨てたのかい。残酷なことをするもんだね」

「あの女は私の妻に相応しくなかった。ただそれだけの話だ」

「なるほどね。そうかい。そうかい。……で？　返事を聞こうか。ドロシー嬢ちゃんを自由にするか否か」

途端、女から叩きつけられる殺気。

こ、殺される。

もしもここで奴の要求を呑まなければ間違いなく私は殺される。ドロシー如きのために。ドロテア家当主のこの私が。

「わ、分かった。今後ドロシーに手を出さん。そ、それでよかろう」

何という屈辱。この私ともあろう者が気力を砕かれ、床に膝をついている。ドロテア家当主のこの私が！　おのれ、おのれ、おのれぇぇぇぇぇ!!

怒りに震える私の肩に、オオバは馴れ馴れしくも手を置いた。

「ほんと、どうしてこうなっちまったんだか。だから人間との恋なんてやめとけと言ったのに。馬鹿だね、あの子も。そしてアンタも」

奴はそんなことを言いおった。肝心な時にいなかった分際で。無責任にも、そんなことを。

「貴様!!」

顔を上げる。だかそこにはもう誰もいない。耳を澄ますと微かな羽音が聞こえてきたが、それもすぐに夜に紛れて消えた。

＊＊＊

「本当に大丈夫？　私歩けるよ？」

「全然平気だ。これくらいどうってことない」

「そ、そう？　でもつらかったらいつでも言ってね。レオ君だって酷い怪我だったんだから」

まさかレオ君が鬼門を破り、あまつさえ、ドロテア家のガーディアンを倒すなんて。最初会った時は幼い男の子だと思ったのに、何度私を驚かせる気なんだろう？　凄い、レオ君は本当に凄い。

「俺なんかよりもドロテアさんだろ。また無茶をして。もう光魔法を使うのはやめろよな」

「そ、それは。私だってできれば使いたくないけど……」

「……るから」

前回や今回のようなことがあったら、きっとまた使ってしまう気がする。

「え？」

「俺、強くなるから。二度と今回みたいなことが起こらないように。だから……でもは、なしだ」

「レオ君……うん。ありがとう」

な、何だろ？　凄くドキドキする。私の心臓の音、レオ君に聞こえていないよね？　というか私、レオ君に密着しすぎかな？　でもおんぶしてもらってるのに体を離すなんて変だし。ダ、ダメ。黙っていると心臓がもっと煩くなっちゃう。レオ君、お願い。何か喋って。

「そう言えば、鬼門の中でアリアさんに助けられたんだけど、あの人やっぱスゲーよな。あれで俺の一つ下だろ？」

「………そうなんだ。それは……ふーん。そうなんだ」

アリア、レオ君も助けてくれたんだ。それは嬉しい、嬉しいのに、どうしてレオ君は今その話をするんだろ？　というか何で私はムカムカしているのかな？

「ドロテアさん？　どうかしたのか？」

「……何が？」

「いや声が少し不機嫌そうというか、怖いというか、とにかく、えっと……」

「ドロシー」

「え？」

「アリアのことは名前で呼んでるんだよね。だから私も名前で呼んでくれたら、う、嬉しいかも」

「いいのか？」

「い、いいいも何も……い、いいよ？」

何これ？　変なことは言ってないはずなのに、顔が熱くなっちゃう。

「えっと、それじゃあドロシー……さん」

「う、うん。何？　レオ君」

「いや、呼んだだけ」

「そ、そうなんだ」

「あ、ああ」

「「……」」

また沈黙。でもさっきみたいな気まずさはなくて、むしろこの時間ができるだけ長く続いてほしい。不思議とそんなことを考えている私がいた。

「ん？」

「どうかしたの？」

「いや、何か羽音のようなモノが聞こえた気がして」

「羽音？」

レオ君と一緒になって周囲を見回してみたものの、特に何もない。ふと、空に浮かぶ月が目に入った。レオ君も同じものを見上げる。

「綺麗だね」

「ああ、綺麗だ」

ちょっとの間、私とレオ君は二人だけのお月見を楽しんだ。

エピローグ

「はい。こんな感じでどうですか？」

うん。我ながら今のはいい感じのヒールだった。冒険者さんは痛めていた腕をグルグル回して具合を確認する。見た感じ問題なさそう。

「問題ない……どころか、かなりいい。ありがとうよ」

よし。流石(さすが)は私。

「どういたしまして～。と言っても、単にお仕事しただけなんですけどね」

「謙遜(けんそん)すんなって、その年で大したもんだぜ。国で一番の魔法学校を卒業しただけはあるな」

あ～、やっぱりそれが理由で私を指名したんだ。ヒール系のお仕事は普通一年くらい勤めてからじゃないと回ってこないと聞いていたのに、変だな～とは思ったんだよね。

「ほら、報酬だ。確認してくれ」

お～。きたきた。

私が就職した魔法使いと冒険者をメインのターゲット層にした高級旅館『一食一泊』では、治療系の仕事は副業扱い。つまりヒールの報酬は治癒使いが各々(おのおの)貰(もら)っていいことになっている。

「わっ、こんなに？　いいんですか？」

「ああ。その代わりまた頼むぜ」

「喜んで～」

ラッキー、帰りにケーキでも買っちゃおっと。

「その若さでそれだけの腕。やっぱ魔法学校じゃあ首席争いとかしてたのか？」

「アハハ。だったらいいんですけどね、あの学校には私よりも凄い子がたくさんいましたから。私なんていいところ、平均よりちょっと上かな～ってくらいですよ」

これでも昔は密かに自分は天才じゃないかなって思っていた時期もあったけど、本物の天才達を見た後だと、とてもそんなこと思えなくなるのよね。しかもその天才も自分を非才だと思っているんだから、世界ってほんと広いわ。

「アンタが平均？ 噂以上に凄いところだな。アンタなら今すぐ俺のクランに入ってほしいくらいなのに。……一応聞いておくが冒険者に興味はないか？ 何なら掛け持ちでもいいぜ」

「私が冒険者ですか？」

そういえば冒険者って今まで就職の選択肢に入れたことなかったな～。

「……私、冒険者に向いてると思いますか？」

「そりゃな。今のヒールだけでも適性大ありだ。しかも治癒使いというわけじゃなくて他にも魔法を使えるんだろ？ 属性はいくつ扱えるんだ？」

「基本は一通りできますよ。勿論、身体強化も」

「おお、すげーじゃねーか。どうだ？ 今度一度――」

「お客さん、引き抜きはなしですよ。アリリアナさん、治療が終わったなら三〇二号室の清掃をお願い」

わっ!? 先輩いたんだ。全然気付かなかった。

「はーい。じゃあ、すみませんけど、私はこれで」

「ああ。今の話考えておいてくれよな」

んんっ? ひょっとして割と本気で誘ってくれているのかな? もうちょっと話を聞いてみたい気もするけど、先輩が怖い顔をしているし、ここは適当に笑って誤魔化(ごまか)しておこう。

てなわけで移動、移動っと。

それにしても三〇二号室か。確かあそこは魔法使いの人が一月ほど研究室として借りていたんだよね。研究室申請のあった部屋の清掃って危険手当がつくし、ヒールといい、今日はいつもよりも稼げている。お陰で、欲しかったあれもこれも買えちゃう。かなりいい感じ。なのに何で――

「物足りなさを感じちゃうかな～」

同い年の平民の中ではトップクラスの収入で、尚且(なおか)つ仕事内容も嫌いじゃない。プライベートじゃあ友人に恵まれちゃっているし、特にこれとした不満らしい不満は見当たらないのに、どうしてもこの旅館であと何十年も働き続けるイメージが湧いてこない。

「……冒険者か～」

「冒険者がどうかしたの?」

「わっ!? せ、先輩?」

びっくりした～。何でこの先輩、人の背後に黙って立ちたがるんだろ?

「えっと……あっ、部屋の清掃手伝ってくれるんですか？」

三〇二号室の人がチェックアウトしたのが一時間くらい前だ。誰か一人くらいはもう清掃に取り掛かっているはず。これで先輩が手伝ってくれるなら思ったよりも早く終わりそう。今日は比較的お客さんも少ないし、早くあがれたらケーキを持ってドロシーさんのお店に顔出してみよっかな。

「まぁね。それよりも冒険者がどうかしたの？」

「アハハ、ちょっと気になって」

「それは悪い兆候ね」

「え？　ちょっと先輩。後輩を脅かすのはやめてくださいよ」

「別に脅かしてるわけじゃないのよ。ただ魔法使い枠で採用された人がここを辞める一番多い理由が、冒険者への転身って話なだけ」

「ああ。それで面接の時、冒険者に興味があるかって聞かれたんですね」

てっきり冒険者と上手くやれるかどうかの問いかと思って「ある」と答えちゃった。それでも受かるあたり、流石は私な感じね。

「何でも冒険者のお客さんと話している内に自分も冒険してみたくなるんだって。そういう子、本当に多いのよね」

「あっ、でもそれ、ちょっと分かるかもです」

だって冒険者さん達の話って基本面白い。聞いてると自分も～、って気持ちになる。

「そう？　私は全然だわ。冒険者なんて労力と報酬が見合わない不遇職でしょ。せっかく高給で安全な職につけたのに、よりにもよって冒険者に転身とか。絶対にあり得ない選択だわ」

「そうですか？　私としてはロマンがある選択だと思いますけど」

「アリリアナさん、やっぱり貴方、冒険者への転身を考えてるの？」

「え？　そんなことは……」

ない。と言い切れない自分にちょっとビックリだ。まさか私……冒険者になりたがってる？　だとしたら意外な事実ね。誰かに相談したいけど、センカはともかくメルルは反対しそう。なら——

＊＊＊

「え？　それで辞めるって言っちゃったの？」

「アハハ。まさか～」

「そ、そうだよね」

びっくりした～。アリリアナさんの話だとかなり条件のいい職場みたいなのに、そんな簡単に辞めていいのかなって、話を聞いた私は凄く（すご）ハラハラした。

「だって突然辞めるのって迷惑じゃん。だから三ケ月後に退職しますって言いました」

「へっ？　……え!?　そ、それじゃあ本当にお仕事辞めちゃうの？」

「イエース。……あれ？　ひょっとしてドロシーさんは辞めるのに反対な感じ？」

そ、そんなこと聞かれても困っちゃう。正直友達には安全な職業を選んでほしいけど、アリリアナさんが本気なら私に止める権利なんてない。でも、それでアリリアナさんに何かあったら絶対後悔する気がするし。でも、自分の決断を友達に支持してもらえないのって悲しくないかな？　でも、
でも、ああ、もう！　何て答えよう。

「そ、それはその、や、やっぱり大切なのはアリリアナさんの意思……じゃないかな？」

「だよね。さっすがドロシーさん。分かってる～」

「う、うん」

間違ったことは言っていないはずだけど、この不安感。友達の相談に乗るのって初めての経験で、自分のことを決めるよりもずっと難しい。

「あの、メルルさんやセンカさんは何て言ってるの？」

「ん？　二人にはまだ話してないよ。この話今日のことだし、二人に話したら絶対反対されるし」

「そ、そうなんだ」

そんなことを言われると、私もやっぱり反対とはますます言い出し難い。

「ん～、センカは案外何も言わない可能性もあるけど、メルルは止めそう。ってか怒りそう。メルル怒ると長いんだよね～、メッチャ引きずるタイプ」

「メルルさんが？　ちょっと意外」

「まぁ、普段はのほほんとしてるからね。ドロシーさんもその内、分かるって」

やっぱり付き合いが長いと喧嘩（けんか）するのが普通なのかな？　友達と喧嘩（けんか）はできればしたくない。

「そういえば辞めるって言って職場の人は止めなかったの？」

「あ～、女将さんが非常勤に移って一年くらい掛け持ちでやってみろって言ってくれたんだよね。答えを出すのはそれからでも遅くはないんじゃないかって」

アリリアナさんはフォークに刺さったショートケーキを口に放り込む。

……美味しそう。せっかくアリリアナさんが持ってきてくれたんだし、私も食べてみよう。

「わっ⁉　美味しい」

「でしょ。この間見つけたお店で買ったんだけど、ドロシーさんの舌を唸らせるなら本物ね」

「えっと、私そこまでグルメじゃないよ？」

「そうなの？　でもドロシーさんって舌が肥えてるイメージがあるんだけど」

「それは……どうなんだろ？」

一緒に食卓を囲むことも、誕生日を祝うこともお父様はしようとはしなかったものの、貴族の嗜みとばかりに食事は贅を凝らしたものを出された。今まであまり意識していなかったけど、私の舌って肥えてるのかな？　ううん。それよりお父様、放置したままで大丈夫だったかな？

勝負で勝ったんだし、もうお父様が私を連れ戻そうとすることはない。なら今度一度様子を見に行ってみようかな。アリアにもお礼を言っておきたいし。

「どったの？」

「え？　な、何が？」

「いや、遠い目してたから。何か悩み事？　だったらこのアリリアナさんが相談に乗ったげるよ」

「う、ううん。大丈夫だよ。それより私も女将さんの意見に賛成かな。まずは試してみて、それで合わなさそうならやめたほうがいいよ。ほら、冒険者の仕事って大変そうだし」

確かギルドの発表だと冒険者になった六割が最初の一年で辞めて、残った四割の中でも一割は真面目に活動しないって話だったよね。……実質、三割。アリリアナさんがそこに入らないといいな。

「そっか、そうだよね。うん。そうしよう。それでこっからが相談なんだけどさ」

えっ⁉　今までのは違ったの？

十分判断に困る話だったのに。これ以上のものとなると私の手にはあまる。ど、どうしよう。都合よくメルルさんかセンカさんが来てくれないかな。

「冒険者やるなら絶対成功したいし、それにはやっぱり仲間が必要だと思うんだよね。だからドロシーさん、私と一緒に冒険者やらない？」

「うん。……うん？　へっ⁉　わ、私が？」

驚く私に、アリリアナさんはビシッと親指を立てる。

ど、どうしよう。誰かに相談したいな。でもアリリアナさんの話だとメルルさんは怒るみたいだし、センカさんはここ最近ちょっと忙しいようだ。ここは——

「絶対駄目だ」

私の部屋に勉強しに来たレオ君。彼に相談してみると、大反対された。

「で、でもアリリアナさんの気が済むまでの話だから。あと、ここの問五、間違えてるよ。ここはほら、昨日の問三と同じで……」

「あ、本当だ。じゃなくて！　冒険者がどんなに危険な仕事かドロシーさんなら分かってるだろ？」

「そ、それはそうだけど、ちゃんと仕事を選べば危険もかなり小さいと思うし」

私も別に冒険者になりたいわけじゃないけど、話を断って、もしもアリリアナさんの身に何かあったら絶対後悔する。私が一緒にいたらって。

「この間のリトルデビルの時みたいに不測の事態だってあるんだぞ。俺からアリリアナにやめとけって言ってやる」

「……でも、レオ君だって冒険者になろうとしてるんだよね？」

「なっ!?　何でそれを？」

「メルルさんに相談されたの。私からもやめるように言ってくれないかって」

「姉貴の奴、勝手なことを」

赤い髪を乱暴に掻きむしるレオ君。いざという時はすっごく格好いいのに、こういう仕草は子供っぽくてちょっと可愛い。

そう口にすると不機嫌になりそうだから言わないけど。

「レオ君も冒険者になるなら、私達がなっても変じゃないよね」

「俺は冒険者として活動するわけじゃない。ただ医療第二種の資格を取るのに冒険者の制度を使えばチャンスが増えるからなるだけで、資格を取ったら辞める」

「あれ？　確か一度冒険者を辞めたら……」

「三年は復帰できないし、それまでのランクは没収でまた最初からだな。再試験もかなり難度を上げられるみたいだけど、冒険者として活動する気がない奴には痛くも痒くもない話だろ」

その時、コン、コン、コンと、ドアが叩かれる。

「嬢ちゃん、入ってもいいかい？」

「オオルバさん？　いいですよ」

スラリと伸びた手足がドアの隙間から覗き、続いて女の私から見ても非の打ち所のない美貌が現れた。

オオルバさんが部屋に入ってくるだけで、場が一気に華やぐ。……けど何だろ？　オオルバさんを見てると何か違和感があるような、ないような……そうだ！　オオルバさんってもっと身長低くなかったっけ？　それに普段は飛んでいた……って、何考えているんだろ私。それじゃあまるで妖精じゃない。疲れているのかな？

「お茶のお代わり持ってきたよ。それからこれ……」

お茶をテーブルに置いたオオルバさんが小箱を手渡してくる。

「何ですか、これ？」

「私としたことが嬢ちゃんに渡すのを忘れてたよ。念のため、レオの坊やにも渡しておこうかね」

「はぁ、どうも」

レオ君も似たような小箱を受け取る。本当に何だろこれ。あっ、箱に説明らしき文字がある。

「えっ⁉　こ、これって……ひ、避妊……オ、オオルバさん⁉」

「いいかい嬢ちゃん、恋をするなとは言わないよ。言っても無駄だということは嫌というほど学んだからね。そこはもう仕方のないものだと割り切った。だからせめてこれを渡しておくよ。適切な時期と相手が見つかるまではキチンと使うんだよ」

「つ、使うも何も私とレオ君はそんな関係じゃ……」

レオ君と目が合う。顔が真っ赤だ。多分私もあんなふうになっていると思う。

「それじゃあ二人共ごゆっくり」

オオルバさんは言うだけ言って部屋を出ていった。ど、どうしよう。凄く気まずい。

「あの、ドロシーさん」

「は、はい!?」

「その、問五を直したから見てくれるか？」

「え？　う、うん。と、問五ね。もちろんだよ。えっと……あっ、ご、ごめんね」

レオ君の手に触れた指を慌てて引っ込める。

「いや、別に、その、へ、平気だ」

「そ、そう。よかった」

「あ、ああ」

えっと、何の話をしてたんだっけ？　あっ、そうだ。問五だ。

意識を切り替えて勉強に集中しようとしたのに、結局この日の勉強会は最後まで変な空気だった。

でも、たまにはこんな日もいいよね。そんなふうにも思える一日だ。

私の自由な日々は、こうして続いていくのだった。

番外編　初めての冒険

「まるでなってない。アリアのほうが余程上手く魔法を行使していたぞ。ドロシー、貴様、六歳の妹に負けて恥ずかしいとは思わんのか?」

「ごめんなさい」

お父様が覚えろと言った魔法を習得したから見てもらったのに、期待していた言葉は貰えなかった。それどころか怒られる。頑張ったのに。何がいけなかったんだろう?

私は唇を噛んで、涙が出そうになるのを堪える。俯いていると大きな溜息が聞こえてきて、胸が凄く痛くなった。

「貴様はドロテア家の長女なのだぞ。その自覚を持って鍛錬に励め」

「……はい。お父様」

「よし。行け」

「あ、あの」

「何だ?」

「いえ、その……」

お父様と顔を合わせるのは久しぶりだから、本当はもうちょっとお話ししたかった。だけど椅子に腰かけたお父様は、既(すで)に私のことなんか見てもいない。

仕方ないよね。ドロテア家当主としてお父様には大切なお仕事がいっぱいあるんだから。……お仕事終わったら遊んでくれるかな？　聞いてみたい。聞いてみようかな。だけど——

「な、何でもありません」

「ならば行け。時間を無駄にするな」

「はい。失礼します」

部屋を出る。ここに来るまでは軽かった足が嘘のように重くて、自室がやけに遠く感じた。

「ハァ。……別にアリアのほうが凄(すご)くてもいいと思うんだけどな」

私のほうがお姉ちゃんだけど、妹が優秀なのは素直に誇らしい。どうしてお父様は私とアリアを比べたがるんだろう。

この間、お父様が外部から招いた先生が言っていた。子供はお父さんとお母さんと遊ぶのが普通だって。私にはお母様がいないけど、お父様がちゃんといる。でもお父様は遊んでくれない。前はもうちょっと構ってくれたのに、最近は王様のところにばかり行って、一緒にご飯を食べることもなくなっている。唯一、今までと変わらずに魔法を見てくれるのは嬉しいが、すぐにアリアと比較するようになった。

「もっと頑張ったほうがいいのかな？」

毎週お父様が課すノルマはただでさえ多い。これ以上勉強時間を増やすのは難しいけど、睡眠時間を削れればできないこともない気がする。

「本当はお出かけとかしてみたいのに」

お外で見かける私くらいの子は、皆楽しそうに友達と遊んでいる。なのに、私は遊びに出かけるどころか、友達の一人もいない。これってやっぱり変なことなのかな？

「友達ってどうやって作るんだろう」

本日二度目となるため息を吐くと、私は部屋のドアを開け――

ガコン！

「いっ⁉　たぁああ～⁉　え？　な、何？」

頭部に走った衝撃に、視界のあちらこちらにお星様が散った。同時にカラン、カラン、とけたたましい音が耳を打って、何かが私の部屋を転がる。あれは――

「タ、タライ？　どうしてこんなものが……って、コラ。アリア！」

いつの間にかすぐ傍に妹がいて、頭を押さえて床に蹲る私を銀の瞳でジーッと見つめている。

「駄目でしょ、こんな悪戯したら。どうしてこんなことするの？」

アリアは不思議そうに小首を傾げた。

「いや、首を傾げたいのはお姉ちゃんのほうだからね」

この妹は感情表現が少ない割にはヤンチャで困っちゃう。あの手この手で私をビックリさせようとするのはいいとしても、たまに笑えない悪戯を混ぜるのはやめてほしい。

「もうこんなことしたら駄目だからね。分かった？」

ジーッと私を見るアリア。

「分かった？」

ちょっと語気を強くしてみる。すると妹は、首を左右にフルフルと振った。

「そこはうんでしょ！　って、何この本は？」

アリアは小さな体に抱きかかえるようにして持っていた分厚い本を私に渡してきた。本の表紙には髑髏(どくろ)の絵と四元素をモチーフにしたと思われる紋章が描かれていて、触った感じだと本が劣化しないように魔法が掛けられているみたい。

「グリモルデアの魔導書？　何でこんな難しい本を」

かつて錬金術で名を馳(は)せた魔法使いが書いた本。凄(すご)く難解で解説書によっては真逆のことが書かれていたりもするから読むのが大変なものだ。私もまだ簡単なのを一冊解読したことがあるくらい。六歳の妹がチャレンジするには難易度が高すぎる。

「……読んで」

「え？」

アリアは言うだけ言うと、返事も聞かない内から私のベッドにちょこんと腰掛けた。そして早く早くとせかすようにこちらを凝視してくるのだ。

「読むのはいいけど、全部は解読できないわよ。それにこの本、すっごく難しい内容なんだけど、アリア分かるの？」

「分かる」

「わ、分かるんだ。それは……凄いじゃない」

本当かな？　もしも本当に中身が理解できるなら、私が読む必要はない気がするんだけど。でももしも本当なら、私の妹は天才だ。

不意に私とアリアを比較したがるお父様の言葉が蘇った。

「……お姉ちゃん？」

「え？　あっ……もう、仕方ないんだから。言っておくけど、お姉ちゃんまだ怒ってるんだからね。次同じことしたらもう遊んであげないんだから」

アリアは私を銀の瞳でジーッと見つめるだけ見つめて、うんともすんとも言わない。可愛いんだけど、表情が変化しないから何考えてるのか分からないのよね。

「分かった？」

（フルフル）

「だからそこはうんでしょ！」

本当にこの妹は。

「読んで」

「……ハァ。それじゃあ読んであげるね」

私が本を開いてベッドに腰を下ろすと、アリアは無表情ながらも嬉しそうに身を寄せてきた。

こういうところは可愛いのよね。

人形のように愛らしいその顔を指でツンツンする。妹は眉を寄せてちょっと嫌そうに身を捩った。

「ふふ」

うん。やっぱりこんな可愛い妹と競う必要なんてない。

ドロテア家の長女としてしっかりしろというお父様の考えも分かるけど、アリアをライバル視したら、きっと今のような関係ではいられない。それはちょっと、ううん、かなり嫌だ。

「早く」

「はいはい」

そうして私は難解な魔導書を妹に読んで聞かせた。

「――これが植物を鉱物へ変化させる魔法ね。……ここの式、どうなってるんだろう？　基本がそれぞれ違う二つの魔法陣をベースに式を組み立ててるのは分かるけど、こんな単純な式でこんな複雑な工程ができるものなのかな？　そもそもこれだと陣を接合した瞬間に使用できなくなる気が……アリア、この本の解説書って持ってる？」

魔導書には主に二つのタイプがあって、魔法使いが自分のために描いた日記タイプと弟子のために描いた指南書タイプ。後者は他人に向けて書かれている性質上、普通に読める場合が多いが、前者は難解で、有名な魔導書にもなると、色んな魔法使いが解説書を書いては糊口の足しにしている。

「二つじゃない」

「え？」

「五つ」

そう言って、アリアが本に書かれた二つの魔法陣の半円部分を手で隠す。

「ああっ。なるほど。半円にそれぞれ符合式を組み込んでいて、陣を合わせることで一つの別の式になるんだ。でも後二つは？」

「上下」

「上下？　ああっ⁉　本当だ。やだ、この魔法陣考えた人は天才ね」

チグハグだと思っていたモノが見方を変えただけで、理路整然としたものに早変わりした。それにしても魔導書が不親切なのは珍しくないからいいとして、この式に一目で気付けるなんて……

「天才の思考が分かるのは天才だけ。アリア、貴方ってやっぱり天才。お姉ちゃんは鼻が高いぞ」

アリアの髪を撫でる。銀色の髪はふさふさで、触っていて凄く気持ちいい。

私が頭を撫でている間、妹は相変わらずジーッと私を見てくるけど、心なしか嬉しそうに見えなくもない。と、思っていると、突然小走りで部屋を出ていってしまった。

「ちょっと、アリア？　本は？　……もう、勝手なんだから」

まだ幼いせいかもしれないが、あの子はちょっとマイペースすぎる気がする。

「とりあえずこの本はどこかに置いておこ……ん？　あれ、もう戻ってきた。何、わざわざそれを取りにいってきたの？」

戻ってきた妹はカップを持っている。中身はお茶かな？　うん。お茶だ。妹はお茶の入ったそれを無言で私に手渡した。

「飲んでいいの？」
（コクン）

ひょっとして本を読んであげたお礼のつもりなのかな？　この妹にしては凄く気の利いた行動だ。別に喉は渇いていないけど、せっかくだから貰っておこう。

「ありがとね。お姉ちゃん嬉しいぞ。ゴクン。ゴクン。……うん。おい――ブゥううう⁉」か、辛ヒィいいいいいい⁉　舌が、舌が焼けちゃううう⁉

「あ、ありひゃ⁉　こ、これ、な、なひ入れたの⁉」

「これ」

妹が取り出した小瓶の中には赤い粉。あれって作物を魔物や動物から守るために用いるヤバカラシ？　調味料としても使え、必ずしも人体に有害とは言えないけど。言えないけれども――

「だ、ダメれヒョ、そ、そ、んなことしたら」

舌を焼く、あまりの辛さに、私は顔を枕に埋めてベッドの上を転がり回った。辛い。辛い。辛いっていうか、もうこれは辛いを通り越して痛い。

「……お姉ちゃん、大丈夫？」

「みヒュ、みひゅ持ってきで！」

涙で滲む視界の中、テクテクと走っていく妹の姿はペンギンみたいでちょっと可愛い。……やっていることは全然可愛くないけど。

「はい」

「……ハァハァ。ひ、ひどい目にあった」

舌がまだヒリヒリする。世の中にはヤバカラシの愛好家もいるって聞くけど、少なくとも私はヤバカラシを使った料理は一生食べない。

「コラ、アリア。ごめんなさいは？」

「……あげる」

そう言って妹が手渡してきたのは、さっき読んであげた魔導書だった。

ごめんなさいのつもりなのかな？

「そう言えばこの本、どうしたの？」

「貰った」

「誰に？」

「お父様」

「ふーん。そうなんだ。それは……よかったね」

私が最後にお父様に魔導書を貰ったのっていつだったっけ？　以前は何も言わなくても魔法に必要なものは何でも買ってくれてたのに、最近はアリアにだけ買って、私には自分から言わないと何もくれなくなった。

私もアリアみたいに優秀になったら、お父様も前みたいに優しくしてくれるのかな？　……優秀？　そうだ！

ふと閃いて、アリアに貰った魔導書を開いてみる。その中の一つ、特定の植物を鉱物に変える魔法。難しいけど、これならできないことはないと思う。

「この魔法が使えたら、お父様だって褒めてくれるよね」

私くらいの歳で こんな複雑な魔法が使える子供なんて滅多にいない。最近は叱られてばかりだけど、この魔法を覚えればお父様もきっと私を見直してくれる。

「よし。やってみよう。アリア、お姉ちゃんこれから勉強するから」

コクンと頷いた妹は、まるでそこが自分の定位置であるかのように私のベッドに腰を下ろした。

「いや、だからお姉ちゃん勉強するんだってば」

アリアは不思議そうに小首を傾げるだけで動こうとしない。

「……いたいなら、いてもいいけど」

「いる」

それだけ言って何をするでもなくベッドの上で足をプラプラさせる。

……まぁ、飽きたら部屋に戻るよね。

そう考えた私はアリアのことは一旦意識から外して、魔法の勉強を開始した。

「うん。やっぱりこれなら私でもできそう。問題はちょっと特殊な材料がいることかな。特にこの花……あれ？　この花って別荘の近くに生えてた気がする」

王都の外にあるお父様が所有する別荘。ちょうどいいことに、再来週お父様の仕事の都合でそこに四泊する予定だ。

「お父様に頼めば多分簡単に手に入るけど……」

どうせならこっそり魔法を習得してお父様を驚かせてみたいな。そのためには屋敷を抜け出して目的のものを採取する必要がある。

「冒険みたいで楽しそう」

「冒険？」

「きゃ⁉　ア、アリア？　まだいたんだ」

すっかり忘れていた。私が魔導書を読み始めてから結構経つのに、この子ったらずっとここにいたのかな？　って、私のベッドが本だらけに？　ヤダ、この子、人のベッドで凄い寛いでる。

「私の本を読むのはいいけど、それ、ちゃんと片付けてよ」

白いシーツの上に広がっていた輝くような銀の髪が起き上がった。こちらを見るアリアの瞳は珍しく子供らしい好奇心に輝いている。

「……何よ？」

「冒険、私も行く」

「え？」

「私も行く。絶対」

「ええっ⁉」

そんなこんなで、私の初めての冒険は妹と一緒に行くことになった。

そして、当日。

「さて、いよいよ今夜決行よ。アリア、本当についてくる気？」

（コクン）

「う～ん。大丈夫かな？」

この辺に魔物はいないって話だけど、幼い妹を連れて歩くのはちょっと不安だ。

「お留守番しとかない？」

「やだ」

アリアは私の服の裾をギュッと掴む。この妹はこうなったら絶対譲らないのだ。

「まぁ、大丈夫……かな？」

何かあったら私が守ってあげればいいんだよね。だって私はアリアのお姉ちゃんなんだし。

「ちゃんとお姉ちゃんの言うこと聞ける？」
（コクン）
「嘘ついたらハリセンボンだからね」

（フルフル）

「そこは頷かなきゃダメでしょ」

どうしよう。この子、約束を守る気があるのか非常に疑わしいんだけど。今からでも何とか諦めさせられないかな？　いや、それでコッソリついてこられたら逆に危ない。なら――

「お姉ちゃん、アリアがどこかに行かないか心配だから、外出の時はずっと手を繋いでる。それが条件。分かった？」
（コクン）
アリアが私の手をギュッと握ってくる。

「いや、今じゃないからね。行くのは日が沈んでからよ」

お父様は明日まで戻ってこないし、今屋敷にいるのはお父様の門弟が数人だけ。特に今日は筆頭高弟のハクさんがいないため、こっそり抜け出すにはもってこいの夜……だったんだけど——

「——こんな夜遅く、どちらに出かけるつもりだったのですか？」

日が落ちたのでアリアとこっそり屋敷を抜け出そうとすると、高弟の一人であるジローさんに見つかってしまった。

「えっと、ちょっとアリアと一緒に散歩しようかなって。ね？」

（コクコク）

「散歩って、駄目ですよ、こんな遅くに。外には怖い魔物が一杯いるんですよ。何かあったらどうするんですか？　ほら、部屋に戻ってください」

どうしよう？　本当のことを言ってジローさんにもついてきてもらおうかな。でもお父様をビックリさせたいし、それに大人の人がいたらせっかくの冒険が台無しだ。

悩んでいると、服の袖をクイッと引っ張られた。

「アリア？」

「プランB」

「それは……うん。そうだね」

「お嬢様方？　何をされて……って、えっ!?　ど、どこから出したんですか、それ？」

私とアリアが取り出したプランB、つまりは金属バットを見て、ジローさんが目を見開く。

「アリア、今の内よ」
（コクン）
「な、何故俺の左右に姉妹仲良く展開するんですか？　って？　え？　ちょっ、そんな大きく振り被って、片足まで上げて。え？　え？　冗談ですよね？」

フルスイング。私とアリアが振ったバットがジローさんの左右の脛を直撃した。

「はうっ!?」

「よし、効いた！　アリア、手伝って」

白目を剥くジローさんが変な倒れ方をしないように、二人でキャッチする。お、重い。けど、何とか無事に寝かせることができた。

「ちゃんと機能したと思うけど、念のため、アリアはそっちの足を確認して」

ズボンを捲ってジローさんの足を確認する。怪我は……よし。ちゃんと無傷だ。

「やったね。二人で作った怪我をさせることなく相手を眠らせる強打睡眠魔法具『ぐっすりバット君』は大成功だよ。ほら、アリア。手。手」

パチン！　とアリアとハイタッチを交わす。二人で作った魔法具の成功が嬉しいのか、表情こそ変わらないものの、アリアもどことなく嬉しそうだ。

「それじゃあ改めて出発ね。ほら、手を出して」

ジローさんを近くの部屋に寝かせると、アリアと手を繋いで屋敷を出た。

夜に覆われた森は昼に訪れた時とはガラリと表情を変え、神秘と危険を内包する異界のようだ。

そんな場所に侵入して目的のものをゲット。冒険者にでもなったみたいで、凄くドキドキする。

「お姉ちゃん。道、大丈夫？」

「ふふん。お姉ちゃんを見くびっちゃダメだからね。ジャジャーン！　魔法のコンパス。それもギルド印が押されてるものだよ。どう？　凄いでしょ」

（コクコク）

「そうでしょ、そうでしょ」

天才じゃなくても私だってちゃんと考えているんだから。このコンパスがあれば、どんな磁場の中でも方角を見失うことがないし、設定してあるこの屋敷に正確に帰ってくることもできる。

「それじゃあ冒険に出発ね。ねぇ、アリア。何だかワクワクしない？」

「する」

「だよね」

この非日常感、まるで空想絵巻の登場人物にでもなったみたいだ。

初めての冒険に胸を高鳴らせながら、私達は意気揚々と森の中に足を踏み入れた。そして――


「どうしよう。迷っちゃった」

森に入って一時間くらいかな？　気のせいだと思いたかったけど、もう間違いない。あの木につけた目印。私達は同じ所を何度も通っている。

「魔法のコンパスを使っているのにどうして？　アリア、原因分かったりする？」

（フルフル）

「だよね」

（ジー）

「だ、大丈夫だよ。お姉ちゃんに任せて」

顔には出ていないものの、きっとアリアだって心細いに違いない。私はアリアのお姉ちゃんなんだから、私がしっかりしないと。

「とにかく一旦戻りましょう」

「お花は？」

「それどころじゃないでしょ」

「……やだ」

「我儘（わがまま）言わないの。ほら、行くわよ」

ところが妹の手を引いても、アリアはムスッとして動いてくれない。

「もう、アリア。お花はまた今度取りにくればいいでしょ」

「……今度？」

「そう、今度。コンパスが効かなくなった原因を調べて、次は、そうね。昼にでもきましょう。『ぐっすりバット君』でまたジローさんを眠らせて」

「……（コクン）」

よかった。納得してくれて。魔法のコンパスが効かないなんて絶対おかしい。早く戻らないと。

「それじゃあ行くわよ」

次はコンパスではなくて星の配置から方角を読んでみよう。目的の場所は別荘から北だったから、その逆に進めば戻れるはずだよね。

アリアと手を繋いだまま、来た道を早足で戻っていく。でも――

「ど、どうして？」

また印を付けた場所に戻ってしまった。何度やっても家に辿(たど)りつけない。絶対変だ。

シクシク。シクシク。

「だ、誰!?」

泣き声？　どこから？

耳を澄ませて、初めて気が付いた。虫の鳴き声一つ聞こえない不自然なまでの静寂に。

シクシク。シクシク。

やっぱり泣き声だ。それも多分子供の。でも、どうしてこんな所で？

「ど、どこなの？」

「……あそこ」

アリアの指差した先を目で追うと、木の下で女の子が膝を抱えていた。

顔は見えないけど、真っ白な髪が闇の中、まるで幽鬼のように浮かび上がっている。年齢は私達と同じくらいかな？　どうしたんだろ？　気になるけど凄(すご)く……

「あ、怪しい。ねぇ、アリア。あの子、凄(すご)く怪しくない？」

そもそもどうして、こんな時間に女の子が一人でこんな所にいるんだろう。

月明かりを阻む木陰はただでさえ怪しくなった森の空気を一層濃くし、その中に蹲る女の子はまるで不吉を母体とした胎児のようだ。

「シクシク。シクシ……誰!? 誰かいるの？」

闇の中、膝に突っ伏していた女の子の顔が上がる。だけど暗闇が仮面となって、その顔は判然としない。

「お姉ちゃん達、誰？ ひょっとして、わ、私を助けに来てくれたの？」

「えっと、ご、ごめんね。お姉ちゃん達も迷子なの。ねっ？」

アリアがコクンと相槌を打ってくれた。

やっぱりこの子怪しすぎるよ。擬態系の魔物じゃないかな？ でも本当に迷子だったらどうしよう？

「わ、私も道に迷ったの。パパ、ママ。ねぇ、お姉ちゃん。私のママとパパはどこなの？」

「ごめんなさい。分からないの」

「そんなぁ～」

女の子はまた顔を膝に突っ伏すと、シクシク、シクシクと泣き始める。夜風が私達を非難するかのように木の葉を大きく揺らした。

「ど、どうしようか？」

なんか凄く可哀想に見えてきた。

アリアは不思議そうに小首を傾げるだけで、何も言ってくれないし。あっ、でもアリアが危険と思っていないってことは、やっぱりあの女の子は魔物じゃないのかな？　……って、妹を頼っちゃダメでしょ。私がしっかりしないと。

「あの、私達がすぐに大人を呼んでくるから、貴方はそこを絶対に動かないでね」

魔物から身を隠す姿隠しの魔法と、後で大人を連れて戻ってきた時、すぐにここを発見できるよう探知の魔法を掛けていこう。多分それが一番賢い選択だと思う。

「お姉ちゃん達、どこか行くの？　やだよ。嫌だよ。私も連れていってよ」

「だ、大丈夫だから。すぐに戻ってくるからね。アリア、姿隠しと探知の魔法を掛けるの手伝って。……アリア？」

妹は銀の瞳でジーッと私を見上げている。普段は何を考えているかよく分からないその瞳は、こういう時に限って酷く雄弁だ。

「ひょっとして、助けてあげたいの？」

（コクン）

ど、どうしよう？　安全策を取るなら、あの子には関わらないほうがいい気がする。でも普段何を考えているのか分からない妹が人助けしたがっているのに、お姉ちゃんである私が見捨ててもいいのかな？　何とかあの子が人間である確証を得られたら……そうだ！　あの魔法なら。

「月の叡智を我が目に宿せ。『ジャッジ・アイ』」

普段見えている魔力の流れをより深く分析することで対象の状態、または正体を探る魔法。相手の隠蔽技術が私の魔法を上回っていたら通用しないけど、一つの判断材料にはなるよね。

「う〜ん。……私の目にはあの子人間に見えるけど、アリアは？」

「人間」

迷いなく断定する妹が頼もしすぎる。お父様が指摘する通り、アリアの魔法技能は六歳とは思えないほど高くて、ひょっとしたら既に私よりも上かもしれない。そのアリアが人間だと言っているのだから、人間のような気がしてきた。

「置いてかないで。シクシク、シクシク。私を置いてかないでよ、お姉ちゃん」

「大丈夫だよ。置いていかないから」

「本当？」

「う、うん。本当だよ」

そう言っちゃったけど、本当にこれでいいのかな？　でも魔法のコンパスが効かなくなった原因も分からない状況で、この子を置いていくのも不安だし。仕方ない……よね？　あ、でも念のためにこれも試しておこう。

私は鞄から小瓶を取り出した。

「あのね、悪いんだけど、この中の水をちょっとだけ飲んでくれないかな？」

「何、それは？」

「えっと、お薬……のようなものかな。これを飲めたら連れていってあげる」

私は女の子が上手くキャッチできるよう魔法でコントロールしながら小瓶を投げた。

小瓶の中身は聖者によって清められた『聖水』だ。聖水は作るのに時間が掛かる上に聖者の数が極端に少ないこともあって、かなり希少品。アリアがついてくるので念のためにお父様の書斎からこっそり持ってきてよかった。お父様に怒られるかもだけど、アリアの安全には代えられないよね。

「これを飲めばいいの？　そしたら連れていってくれるの？」

「うん。約束するよ」

『聖水』は人間には無害だけど、魔物には振りかけただけで絶大な効果を発揮する。ましてや直接飲み込めば大抵の魔物はイチコロだ。

女の子は小瓶を拾うと、その蓋を開けようとして――

「待って！　悪いけど、木陰から出てきてくれないかな？」

「う、うん」

飲んでいるフリでもされたら堪らない。そんな私の考えに、女の子は特に何を言うでもなく素直に従った。闇のベールを脱いで月明かりに照らされた少女の顔は、どこにでもいるあどけないものだ。

「……飲んだけど、これでいいの？」

よ、よかった。そうだよね。確かにこんな所に女の子がいるのはちょっと、ではなくてかなり怪しいけど、考えてみたら私達だっているわけだし、絶対にあり得ないわけじゃない。

「うん。ありがとう。ごめんね、変なことさせて」

不安にさせたお詫びに私は女の子に近付き、その頭を撫でた。すると何故か、アリアが私と繋いでいる手にギュッと力を入れる。

「アリア？　どうかしたの？」

「……別に」

妹は珍しくムスッとした表情をしている。どうしたんだろ？　気になったものの、私がアリアに何か言う前に、女の子が空の小瓶を返してきた。

「ありがとうお姉ちゃん。とっても美味しかったよ」

「よかった。あっ、待ってて。お水ならまだあるから。それと携帯食……っていうほどのものじゃないけど、お菓子を持ってるの。よかったら食べて」

「本当？　私お腹ペコペコなの」

女の子の顔にパッと浮かぶ花のような笑み。魔物かと疑っていたのが馬鹿みたいに思えてきた。

「アリア、ちょっと手を離すけど、勝手にどこかに行っちゃダメだからね」
（コクン）
え〜と、どこに仕舞ったかな？　アリアが途中でお腹を減らしたらいけないと思って、お菓子を多めにリュックに入れておいたんだけど……あった。あった。

「はい。お水とクッキー。アリアも食べる？」

「食べる」

二人にクッキーとお水を渡す。女の子がキョトンとした顔をした。

「どうかしたの？　ひょっとして甘いもの苦手だった？」

「お姉ちゃんの分は？」

「ちゃんとあるから遠慮しなくていいよ」

こんな時にまで人のことを気にできるなんて、アリアと同じくらいの年なのにすっごい良い子だ。仕方なかったとはいえ、魔物と疑って悪いことしちゃったな。

本当に気にする必要はないのに、女の子は申し訳なさそうに首を横に振った。

「あのね、お姉ちゃん。私はもっと美味しいのを食べるから、これはお姉ちゃんが食べていいよ」

「あっ、荷物持ってたんだ？」

ただでさえ怪しいのに、こんな山の中にすっごい軽装でいるから余計に警戒しちゃった。木の後ろにでも荷物を置いてるのかな？　ひょっとしたらご両親の仕事の都合か何かで、この辺りでキャンプでもしていたのかも。あれ？　それならこの子の親を見つけることができたら私達も別荘に戻れるんじゃないかな。ううん。絶対戻れる。

「荷物？」

ようやく見えた脱出の希望に喜んでいると、女の子が不思議そうに首を傾げた。

「そう。あるんでしょ？」

「ううん。そんなものないよ」

「あれ？　でも今もっと美味しいものがあるって……。あっ、ひょっとしてポケットに入れてるとか、そういうこと？」

「何を言ってるの？　荷物なんてなくても、ねぇお姉ちゃん。あるじゃない。美味しいものなら、ねぇ、ここにあるじゃない」

き、気のせいかな？　少女から何だか怖い雰囲気がするんだけど。

「分かるでしょ？　ねぇねぇ、お姉ちゃん。分かるでしょ？」

「そ、それってひょっとして……」

「うん。そうだよ。それはね、お姉ちゃんのことだよ!!」

愛らしかった少女の瞳、その瞳孔が爬虫類(はちゅうるい)のように縦に伸びたかと思うと、いきなり口が耳まで裂けた。

「ひっ!?」

少女の変化に体が竦(すく)む。そんな私目掛けて女の子の口から何かが……蛇(へび)だ！　蛇(へび)が飛び出してきた。

「きゃっ!?」

ドンッ！　と衝撃。

何？　地面に突き飛ばされた？　誰に？　まさか!?

嫌な予感を覚えて慌てて体を起こすと、そこでは――

「アリア!?　ああ、嘘!?　そ、そんなっ!?」

どうしよう。蛇(へび)の牙がアリアの腕に食い込んでいる。大人の腕ほどもある蛇(へび)は妹を咥(くわ)えたまま、その幼い体を吊り上げた。

「キッシッシッシ。自分から噛まれにくるなんて、姉想いのいい子だね。わたしゃね。いい子は好きだよ。とっても美味しいからね。大好物なんだよ」

しゃがれた老婆のような声。それを出す魔物の姿は、既に小さな女の子のものではなくて、下半身は巨大な蛇に、上半身は成熟した女性のものへと変わっていた。

アリアの手が自身を吊るす蛇を鷲掴みにする。

「凍れ。『フリーズハンド』」

妹の魔法が牙を生やした魔物の舌を凍らせていく。い、今しかない。

「雷よ、敵を撃て！　『サンダーショット』」

私は凍った蛇に魔法を叩きつけて砕くと、残りの聖水を魔物の顔目掛けて投げつけた。

「おお、酷い。何て酷いお嬢ちゃん達だ。私はね、悪い子は好きだよ。美味しいからね。骨までしゃぶりたくなるんだよ」

落ちてくるアリアを抱き止める。

「世界に満ちる力よ、生命の器を満たせ！　『バイタリティアップ』」

魔法で身体能力を強化すると、私は妹を抱きかかえたまま脇目も振らずに駆け出した。

「どこに行くんだい？　戻っておいで。戻っておいでよ。キッシッシッシ」

「どうしよう、どうしよう」

正直逃げきれる気が全然しない。駄目だ。泣くな私。走らなきゃ。もっと速く。もっと速く。

「……ごめんなさい」

「アリアは悪くない。悪くないから」

私だ。私のせいだ。偽装に長けた魔物なら『ジャッジ・アイ』を誤魔化せる可能性があることくらいは分かっていたのに。私よりも三つも年下の妹が人間だって保証したからって、それで安心するなんて。

アリアが私の体に回している腕にギュッと力を入れた。

「大丈夫だからね。お姉ちゃんが絶対に守ってあげるから」

「キッシッシッシ。ああ、何て可愛らしい子達なんだろうか。悩むねぇ。どこから食べようか。どちらから食べようか。ねぇ、お姉ちゃん。お姉ちゃんはどこから食べてほしい？　どっちを最初に食べてほしい？」

しゃがれた老婆のような声に混じってあどけない女の子の声が森に反響する。

人間の上半身に、蛇の下半身。子供に異常な執着を見せて、聖水が効かないほどに強力な魔物。もしかして……ラミア？

その可能性にゾッとする。ただでさえ張り裂けそうな心臓が今にも粉々になりそうだ。

危険指定特A。数の暴力を無効化できるS指定の魔物を除けば、数多いる魔物達の頂点に位置する怪物。特Aに分類される魔物は齢による成長補正が強くて、成長しきった特Aは単純な能力で一国の軍に匹敵すると言われている。

あのラミアがどれだけの時間を生きた存在なのかは分からないものの、少なくとも私達がどうこうできる相手じゃない。何とかしてアリアだけでも逃さないと。

「キッシッシッシ。ほら、ほら、早く逃げな。逃げないと食べられちゃうよ？　頭からバリバリと食べちゃうよ？　お姉ちゃん」

魔物の言葉と同時に、人を丸呑みにできるくらい大きな蛇（へび）が闇の中からたくさん飛び出してきた。

私は素早く魔法を強化、短縮するための小型ロッドを抜き放つ。

『サンダーショット！』

雷の魔法で撃退するけど……駄目、数が多すぎる。

「……凍れる嵐。全ての敵を退（しりぞ）けて。『アイス・ブリザード』」

アリアが放つ大地すら眠らせる冷気と風が、魔物の眷属（けんぞく）を吹き飛ばして凍らせていく。この子、こんな強力な魔法まで使えたの？

「おお、おお。その怪我で大したものだねぇ。その若さで凄（すさ）まじいねぇ。毒で苦しいはずだろうに。いいねぇ。健（けな）げだねぇ。素敵だよ、お姉ちゃん、とっても素敵だよ」

何？　毒？　さっきの蛇（へび）には毒があったの？

「アリア!?」

「…………大丈夫」

妹の声には明らかに力がなかった。ラミアの性質から考えて致死性ではなく麻痺（まひ）の類（たぐい）だとは思うけど、早く治療しないとどんな後遺症が残るか分かったものじゃない。それなのに——

「くっ。どうして……『サンダーショット』『サンダーショット』『サンダーショット』」

次々と迫りくる魔物に魔法を浴びせても、私の魔法ではちょっと吹き飛ぶだけで、蛇はまたすぐに襲いかかってくる。その度に息も絶え絶えな妹が魔法を使わざるを得なくなった。

「キッシッシッシ。凄いお嬢ちゃんだね。どうりで、どうりで、こんなにも美味しそうな匂いがするわけだよ。引き寄せられるはずだよ。それに比べて、ねぇお姉ちゃん？　お姉ちゃんはお姉ちゃんのお姉ちゃんなんだよね？　それなのに何でそんなに弱いの？」

魔物の言葉に耳を貸しちゃ駄目だ。アリアを逃すことだけを考えなくちゃ。

でも、ああ。でも——

「お姉ちゃんが役立たずなお姉ちゃんでよかった。だってもしも二人の立場が逆だったら、きっと逃げられたから。そしたらとっても腹立たしかったから。ありがとね、お嬢ちゃん。私に食べられるために、グズに生まれてくれて、本当にありがとね」

ラミアの言う通りだ。蛇に噛まれたのがアリアじゃなくて私だったなら。そもそも私が夜に抜け出そうとしなければ。ううん。そもそも私がもっと強ければ——

「こんな時に考え事かい？　本当にダメなお嬢ちゃんだね。キッシッシッシ」

「きゃっ⁉」

突然の衝撃に視界が回って、全身が叩きつけられる。何に？　地面？　地面に倒された？　いけない。早く起きなくちゃ。

立ち上がろうとしたものの、全身に走る痛みが鎖のように体を止めた。

「ほう、いいねぇ。凄いねぇ。可愛い子達をそれはそれはたくさん食べてきたけれど、お姉ちゃんはその中でも飛びっきりだね」

な、何？　ラミアは一体何を言っているの？　痛みを堪えて顔を上げる。するとそこには……

ああ、何てことなの。アリアが、アリアが私を守ろうとラミアと向き合っている。本来なら私がしなくちゃいけないのに。私がお姉ちゃんなのに。

「キッシッシシ。エサの分際で私に勝てると思っているのかい？　ほら、頑張れ。頑張るんだよ。そしたら食べてあげるから、美味しく食べてあげるからね」

アリアが何か魔法を使おうとしているのは明白なのに、獲物を前に舌舐めずりをするラミアは妨害するそぶりすら見せない。遊んでいるんだ。私達で。そして遊ばれるだけの実力差が確かにあった。

「アリア！　戦わなくていいから、逃げて！　逃げるのよ！」

いくら妹が凄くても、六歳の子供がラミアに勝てるわけがない。

「ミカエ。ラフェエ。ガブリエ。ウリエ。七天の内の四大。最も世界に轟かせたその加護を今ここへ」

詠唱と共にアリアの体から壮絶な魔力が放たれた。

「な、何だと!?」

一流の魔法使いと比べても遜色ない。ううん。上回ってさえいる妹の魔力を前に、ラミアの顔から初めて余裕が消えた。今更遅い。泡を食ったラミアの攻撃よりも先にアリアの魔法が完成する。

「儚きかな生命の脈動。あらゆる運動はいずれゼロへと還る。凍れ、全ての事象！　『アブソリュート・ゼロ』」

瞬間、世界が凍った。比喩ではなく、アリアを中心にあまりにも圧倒的な冷気がありとあらゆる熱を奪い去っていく。熱という命の燃料を奪われ、大地は眠り、植物は死に絶え、夜でさえ終わってしまいそうだ。

私が今生きていられるのはアリアの配慮でしかない。そうでなければとっくに死んでいた。天災の如き凄まじさを誇るこの魔法。これは――

「……戦術級魔法？」

一軍すら葬り去り、単騎で戦場を変え得る、数ある魔法の中でも最上位に位置する攻撃魔法。魔法使いの奥義。それをたった六歳の妹が？

「ば、馬鹿な⁉　こんな、こんなっ⁉　この魔力、き、貴様人間では……」

凍っていく。単純な能力ならば危険指定Sの魔物すら凌駕すると言われる怪物が。

「凄い。あの子、ここまで」

私の妹は天才だと思っていた。でもそれは将来一流の魔法使いになるんだろうなってくらいのもので、ここまでとは想像もしていなかった。クラスに一人はいるような、そんなレベルじゃない。

私の妹は正真正銘の天才なのだ。それも多分、歴史に名を残した偉人達に匹敵するほどの。

「こ、この程度で、この程度でこの私がぁあああ‼」

ラミアの全身から渾身の魔力が放たれ、それが凍れる世界を打ち砕いた。

「……ッ」

不可視の衝撃を至近距離で浴びて、妹の小さな体が何度も地面を跳ねる。

「アリア‼　くっ、雷よ、敵を撃て！『サンダーショット』」

「ハァハァ……まったく、信じられないお嬢ちゃんだよ。ん？　お姉ちゃん、今何かしたの？」

「そ、そんな」

痛みを堪えて放った全力の魔法。それは妹の魔法で疲弊（ひへい）した魔物にかすり傷すらつけることはできなかった。

「キッシッシシ。よかった。よかったよ。お嬢ちゃんがこっちのお嬢ちゃんと違って普通の子供で。ただの可愛い餌（えさ）で」

「私は……私は……」

アリアのお姉ちゃんなのに。

お父様の言う通りだった。妹に負けてもいいなんて考えるべきじゃなかったんだ。アリアに劣っていると自覚していたなら、アリアに勝てるように努力するべきだったんだ。お姉ちゃんな私は、アリアに負けたままじゃ駄目だったんだ。

「お姉ちゃん、弱いことを気にしなくていいんだよ。だってお姉ちゃんがそんなに弱いから、私はお姉ちゃん達を食べられるんだから」

ラミアの手がアリアへ伸びる。気絶したのかアリアはピクリとも動かない。……気絶？　当たり前だ。六歳の妹が戦術級魔法なんて強力な魔法を行使したのだ。魔力が底をついたに決まっている。

「アリアに……触らないで」

立ち上がるだけで全身が悲鳴を上げた。左手が動かない。多分折れている。腕だけじゃなくて他にも一杯。

「ほう。私の尾で打たれたにしては元気じゃないか。お嬢ちゃんも頑丈さだけは並外れてるね」

ラミアの尾？　そうか、私を吹き飛ばした衝撃はそれだったんだ。あんな大きな尾で打たれたなら全身が痛いのも納得だ。でも、それが何？

私はロッドに全身全霊の魔力を流す。アリアを助けられるなら命だって込めてやる。

「離れて！　妹から。今すぐに‼」

「キッシッシッシ。偉い、偉いねぇ。ご褒美に次の攻撃は避けないでいてあげるよ。ほら、撃ってみな。魔法を唱えるんだよ。どんな魔法が出るかな？　外すんじゃないよ、お姉ちゃん」

何て嫌な笑み。ラミアは蛇特有の動きでその巨体を揺らして私を煽る。アリアと同じことはできないと確信しているんだ。悔しい。私に力が、アリアに負けない魔法があれば。

「そうかい。それじゃあ遠慮なく行かせてもらおうかね」

その時、燃え盛る紅い雷が邪悪な魔物に降り注いだ。

「ぎゃあああああ⁉」

ラミアの体中に穴が空き、炎がその全身を焼く。戦術級魔法でさえ倒せなかった強力無比な魔物が一瞬で瀕死だ。

「…………え？　な、何？　何が……」

起こったの？　訳が分からず呆然とする私の眼前に、空から光を纏った何かが舞い下りる。

その背には輝く六枚の翼。黒いワンピースのスカートには大きなスリットが入っていて、そこから覗く足は炎のような褐色。夜風に揺れる銀色の髪は月の光を浴びて淡く輝いていた。

「ぐあっ？　ちくしょう。ちくしょう。テ、テメェ……よ、妖精？　何故こんなところに妖精が⁉」

「よう……せい？　これが？」

神格種。遥かな昔に一つ上の次元へと進化した種族。その中でも最も人に近しいと言われるのが妖精だ。伝承などではよく小人のような姿で描かれていることが多いけど、完全な霊質を獲得した神格種にとって体の大きさなど大した意味はない。実際、今目の前にいる妖精は、成人した女性の色香を強烈なまでに纏っていた。

「……綺麗」

「おや、ふふ。ありがと。嬢ちゃんもとっても可愛いよ。流石は……いや、これは口がすぎるね」

どうしてこの妖精はこんなにも悲しそうな顔をするんだろう？　それにあの銀色の眼差し。初めて見るはずなのに、どこかで見たことがあるような気がするのは何でかな？

「ふざけんじゃないよぉおおお‼　私の獲物を！　私の餌を！　私の子供を！　テメェ、横取りしようってのかイィいいい‼」

「わっ⁉　え？　う、うそ？」

質量の爆発に地面が揺れる。ただでさえ大きかったラミアの体がさらに巨大になった。一瞬ごとに脱皮を繰り返し全身のダメージも瞬く間に回復する。大きくなりすぎた蛇は今や、森を包み込まんばかりだ。

「まったく、せっかくの月夜が台無しだよ。大きければいいってもんじゃないだろうに、風情ってもんが足りないね」

妖精はキセルを取り出すとそれに口付けをした。紅色の唇から吐き出された紫煙が、まるで手招きのように夜の空へ昇っていく。

ビキリ、とラミアのこめかみに青筋が浮かんだ。

「羽虫がぁあああ！　舐めるんじゃないよぉおお!!」

塔が落ちてくる。ラミアの攻撃は最早そうとしか言いようがないほど巨大で、悪夢のように現実感がなかった。

「やれやれ。怒鳴り散らしたいのは私のほうなんだけどね。まぁ、いいさね。さっさと終わらせようか」

妖精が持っているキセルを一振りする。途端に赤茶色の細長く湾曲した筒が、炎を纏う剣に変化した。

「世界を絶ちな。『天ノ邪斬』」

幾千？　幾億？　数え切れないほどの赤い線が世界を走る。

私に分かったのはそれだけ。夜の森に火の粉が花びらのように舞う。ラミアの姿はもうどこにもない。あんなにも巨大だったものが幻みたいに消えてしまった。

「おやおや。私を羽虫呼ばわりする奴の最後にしては、少しばかり綺麗すぎたかね。どう思う？　嬢ちゃん」

「……えっ!?　わ、私ですか？　私は、その……そ、そんなことよりもお願いします。アリアを、妹を助けてください」

倒れているアリアを抱き起こす。妹はやっぱり気絶していた。顔色が悪いのは魔力欠乏症ということもあるのだろうけど、ラミアの毒のせいかもしれない。

「安心しな。私に任せておけば何の問題もないさね」

「あ、ありがとうございます」

妖精が手を翳し、そこから放たれた光がアリアを優しく包み込む。

よかった。これで……あれ？ でもちょっと待って？ 妖精って別に人の味方ってわけじゃないのよね。いくら助けてもらったからといって、さっきラミアに騙されたばかりなのに簡単に信頼しすぎかな？ でも――

「どうかしたかい？ ドロシー嬢ちゃん」

「いえ、何でも……何でもありません」

どうしてだか、この妖精を疑う気にはなれなかった。

「……ん？ そういえば何で私の名前を」

「ああ。実はね、私は嬢ちゃんのお母さんと知り合いなんだよ」

「お母様と!? 凄い！ お母様はどんな、どんな人ですか？」

私はお母様について何も知らない。どんな人か気になるのに、お父様は勿論、屋敷の誰もお母様がどんな人だったのか、今どうしているのか教えてくれない。まさか妖精と知り合いだったなんて。お母様はひょっとしたら凄く名の知れた魔法使いなのかも。だとしたら名前さえ分かればいつか会いに行ける可能性がある。

「そうさね。親の私から見ても酷く優秀で、そして何を考えてるのかよく分からない子だったよ。私らは基本的に悪戯が好きなんだけど、あの子はそれが顕著でね。軽い悪戯のつもりで、よく親の私をヒヤッとさせたもんだよ」

「何だかアリアみたいです」

「そうなのかい？　そりゃあ血だね。ドロシー嬢ちゃんはどうなんだい？」

「私は……お父様に叱られたくないので」

本当はアリアが悪戯するのを見て、私もってウズウズする時はある。でも私はドロテア家の長女で、そんなことをしては駄目なんだ。

「子供がそんなこと気にするんじゃないよ。私からジオルドの奴に言ってやれたらいいんだけどね」

「そ、そんなことしなくても大丈夫ですから。それよりもお父様のことも知ってるんですね」

あっ、そういえばさっきお母様のことを娘って言ってたっけ？　それなら知り合いでもおかしくないよね。……えっ!?　お母様の親？　そ、それってつまり私の――

「おや、喋りすぎたかね。どうもドロシー嬢ちゃんを前にすると気が緩んでしまうね」

妖精が私に掌を向けた。途端、視界がグニャリと歪む。

「こ、これって……」

「眠りの魔法だよ。おっと余計な心配は無用だよ。二人共ちゃんと屋敷まで帰してあげるから。ただ、悪いんだけど記憶を少しばかり弄らせてもらうよ。私と会ったことを覚えていられると、ちょいとばかし都合が悪いんでね」

「どう……して？」

「こっちの都合さね。とっくの昔に地上を去った私達がこちらの世界に干渉する際にはいくつかルールがあってね。悪戯のような種族特性なら問題ないんだけど、今みたいに個人的な事情で特定の誰かを守ることは禁に触れかねないんだよ。嬢ちゃんみたいな優秀な子が相手だと特にね」

「私は全然優秀なんかじゃ……」

本当に私が優秀なら、怪我した妹にあんな無理をさせなかった。私がもっと強い魔法を習得してさえいれば。

「ふむ。ドロシー嬢ちゃんもなかなか難しい年頃のようだね。話を聞いてやりたいところだが、悪いね。あまり時間がないんだよ」

「ま、待って。待ってください」

せっかくお母様の手掛かりを掴んだのに。もっと勉強を頑張らないと、と思えたのに。それを忘れる？　嫌だ。それにこの妖精はひょっとしたら私の——

「いつも見守ってるよ」

「貴方は私のおば——」

——

——

「…………あれ？　私？」

どうしてこんな所に突っ立っているんだろう？　目的の花を手に入れて屋敷ももう目前なのに。安全な所まで戻ってこられて、気が抜けちゃったのかな？　それもこれも途中で毒を持った危険な魔物、スネークポイズンに襲われたせいだ。何であんな所にあんな魔物がいたんだろ？

不意に繋いだ手にギュッと力を入れられた。見ると、妹が何か言いたそうに私を見上げている。

「どうしたの？　傷が痛む？」

（フルフル）

「そう、よかった。ごめんね。お姉ちゃんがもっと強かったらアリアに怪我させなかったのに」

スネークポイズンは確かに強力な魔物ではあったけれど、アリアに怪我させるほどではない。私だ。私がもっとしっかりしていれば。そう思う度に、焦燥感にも似た熱い何かが胸に込み上げてくる。

そう、お父様の言う通りだったんだ。私はお姉ちゃんなんだから、妹に、アリアに負けちゃ駄目だった。

「あのね、アリア。お姉ちゃん強くなるから。アリアよりもずっと……凄（すご）い魔法使いになってみせるから」

そして今度は私がアリアを守るんだ。

自分でも唐突だと思う宣言に、妹はキョトンとした顔になる。そんな可愛い顔を見せられると、本当にこの子と競う必要があるのか、早くも決意が揺るぎそうになるけど……こんな甘い考えだから危うく妹を死なせてしまうところだったんだ。

大丈夫。私がアリアよりも強くなれば、今と同じ関係でいられるはず。そのためにも一杯勉強しなくちゃ。

「私も……もっと強くなる」

アリアはアリアで何か思うところがあったのかもしれない。妹の声には珍しく強い感情がこもっていた。

「負けないからね」

今日からこの子は私のライバルだ。姉として絶対に負けられない。

決意を胸に歩みを再開――しようとして、ふと気が付いた。目的の花の他にもう一つ、赤い実をつけた白い花を持っていることに。

「これってたしか……サネカズラ？　アリアが交ぜたの？」

「……違う」

「そう、それじゃあ偶然交じったのかな？」

だったら持っていても仕方ないよね。

私は何の変哲もないその花を捨てようとした。でも――

「お姉ちゃん？」

「え？　あっ、えっと……サネカズラは生薬になるって話だし、ついでだから持って帰ろうかな」

どうしてかな？　捨てる気になれないのは。

自分でもよく分からない気紛れだけど、持って帰って困るものではない。まぁいいよね。

「そういえばサネカズラの花言葉ってたしか……」

再会。

ふと、どこからか不思議な羽音が聞こえた気がする。周囲を見回してみたけれど、特に音の原因となるものは見当たらなかった。

「アリア？　何を見てるの？」

妹の視線を追って空を見上げる。だけどそこには夜の終わりがあるだけだ。

「……何でもない」

「そう。それならほら、行くわよ」

こうして私達姉妹の最初の冒険が終わった。

新 * 感 * 覚 ファンタジー！

レジーナブックス Regina

国ごと乗っ取る、超ざまぁ!?

可愛い義妹が
婚約破棄されたらしいので、
今から「御礼」に参ります。

春先あみ（はるさき）
イラスト：いもいち

賢く美しく、勇敢なローゼリア。名家フィベルト公爵家に嫁入りし、幸せな日々を送る彼女を悲劇が襲う。夫・ロベルトの妹であるマーガレットが王太子オズワルドに婚約破棄され、手酷い暴行を受けたのだ。彼女はローゼリアにとって実の妹同然の存在。大切な家族を傷つけた不届き者に鉄槌を下すべく、ローゼリアはロベルトと、ある計画を立てる。それは自分たちが新たな国を作り、王国を乗っ取るというもので……

詳しくは公式サイトにてご確認ください。

https://www.regina-books.com/

携帯サイトはこちらから！ 

この作品に対する皆様のご意見・ご感想をお待ちしております。

おハガキ・お手紙は以下の宛先にお送りください。

【宛先】

〒150-6008 東京都渋谷区恵比寿4-20-3 恵比寿ｶﾞｰﾃﾞﾝﾌﾟﾚｲｽﾀﾜｰ8F
(株)アルファポリス　書籍感想係

メールフォームでのご意見・ご感想は右のＱＲコードから、
あるいは以下のワードで検索をかけてください。

ご感想はこちらから

本書は、「アルファポリス」(https://www.alphapolis.co.jp/)に掲載されていたものを、改題、改稿、加筆のうえ、書籍化したものです。

婚約者の地位？　天才な妹に勝てない私は婚約破棄して自由に生きます

名無しの夜（ななしのよる）

2021年 10月 5日初版発行

編集－黒倉あゆ子
編集長－倉持真理
発行者－梶本雄介
発行所－株式会社アルファポリス
〒150-6008 東京都渋谷区恵比寿4-20-3 恵比寿ｶﾞｰﾃﾞﾝﾌﾟﾚｲｽﾀﾜｰ8F
TEL 03-6277-1601（営業） 03-6277-1602（編集）
URL https://www.alphapolis.co.jp/
発売元－株式会社星雲社（共同出版社・流通責任出版社）
〒112-0005 東京都文京区水道1-3-30
TEL 03-3868-3275
装丁・本文イラスト－黒裄
装丁デザイン－AFTERGLOW
（レーベルフォーマットデザイン—ansyyqdesign）
印刷－図書印刷株式会社

価格はカバーに表示されてあります。

落丁乱丁の場合はアルファポリスまでご連絡ください。

送料は小社負担でお取り替えします。


ISBN978-4-434-29419-8 C0093